CHARACTER FILE

菜鳥武神↔貼身特助

見習菜鳥武神，岳格的死忠粉絲
外貌年齡：18歲
武神經歷：五年（實習）
人界職業：岳格的貼身特助

CHARACTER FILE

現代武神副業維[illegible]則

資深武神↔公司老闆

岳格

傳說級資深武神大學長，討厭麻煩事
外貌年齡：30歲
武神經歷：五百年
人界職業：水產貿易公司老闆

現代武神的
副業維生守則

The Sideline Livelihoodof Modern Fighting Gods

Presented by Liqing with Gene

岳格╳樓夏

目録 contents

第一章

每到深夜，就會出現一些凡人看不到的東西。

這些肉眼無法見到的東西不全然是壞事，必須注意的是，假如看見與街道同寬，比公車還大、如一尾黑色大蛇在面前流竄時，建議迴避以確保自身安全。

據說，那是一種名為「心魔」的產物。此物並非尋常妖魔鬼怪，而是藉由人類心中的負面意念凝聚而成的怪物，例如貪婪、嫉妒、恐慌、恨意都是這尾怪物的養分。它習慣在夜間出沒，當到了夜裡，人們累積一天的負面意念就會從體內鑽出來，化為心魔。

如果放著不管，直到某天心魔龐大到足以遮天的程度，那麼人界將永無光明。

人界在久遠時期曾發生過這樣的危機，當時天界派了天兵天將下凡，成功將其剷除，但是心魔依然源源不絕。

天神苦惱了好一陣子終於找到辦法，決定建立武神制度來解決這個問題。為了防止人界失衡，天界會不斷派遣武神至人界，執行消滅心魔的任務。

心魔的數量取決於該座城市的人口，往往越是繁華的縣市，也會是心魔出沒頻繁的區域。每一座城市都有多位武神駐守，按照該城市心魔出現的頻率與凶惡程度決定人數。

至於負責決定心魔生死的武神一職，則被天界眾人視為重度勞動職缺，也因此男女比例懸殊。武神雖然被稱為神，事實上卻是沒有經過封神的官位，每天都有規定的工作量必須達成，也沒有休息日，僅有因傷得申請病假的期間可以不必出勤，並會由上級指派其他武神暫代。

武神多半都是凡人死後，只要符合資格並經過地府與人界的修練，即可就任。成為武神的條件並不困難，生前沒有犯下嚴重的罪刑、沒有冤屈，不限制死因皆可。據說天界每天都前往地府，招收符合條件的凡人生靈，吸引他們加入武神的行列。

武神是個辛苦的職位，一日失手就會被心魔吞噬，卻也是晉升為封神職最快的管道，因此願意擔任此職的凡人仍不在少數。其最吸引人的條件，即是在五百年任期內，只要表現優秀、年度考核達標並通過封神測驗，就能提前封神。能在天界覓得好職位，是這些凡人生靈最大的信念。被派至北部市中心、到任不久的男性武神樓夏也不例外。

樓夏有著一張會被誤認為是高中生年紀的臉、一頭簡單好整理的短髮。他站在市區高樓的頂端，一手拿著砍殺心魔用的長槍，一身顯示武神身分的裝束，看著四處逐漸凝聚的黑濁氣息感嘆著。

「感覺心魔永無止境，這週遇到的大蛇一尾比一尾大。」

距離約定執行任務的時間還有半個鐘頭，武神資歷只有五年的他，每天都過得戰戰兢兢，今晚也是如此。

「學長怎麼還沒到呢？」樓夏看著時間。

儘管他確實早到了，但個性使然，樓夏總認為應該提早前來準備才對。

「能讓岳格學長指導是很讓人興奮，不過前輩似乎不怎麼守時。」他等得發慌，乾脆抽出懷中的手帕，把手上的長槍擦得亮晶晶。

樓夏已經在這裡站了快一個小時，要不是礙於規定，他早就自己潛入街道開工。

武神執行砍殺心魔的任務時，規定必須要由一位資深武神帶領。一方面具有指導傳承的意義，另一方面則是早期的武神學長姐們非常看重上下關係，因此形成了前後輩制度。指導的前輩一律被稱為學長或學姐，樓夏理所當然是被稱為學弟的那一方。

樓夏認為這種制度有好有壞，好處是可以挑選崇拜的前輩，在對方麾下接受指導；壞處是嚴謹的上下關係，偶爾會發生遭到前輩欺壓，後輩卻無法伸張的慘況。所幸指導他的岳格學長並不是這種人，但是也有一些令人看不慣的惡習。

岳格在眾武神中是最資深、知名度最高的人，早就做滿五百年的任期，卻遲遲沒有申請神職，依然留在人界。他過去五百年間的戰績輝煌，一度讓全人界的心魔近乎消失，然而現下這個人看待任務的心態卻相當隨意，性格也是眾多學弟妹不敢領教的難相處且自我中心。

岳格討厭指導學弟妹的傳聞不斷，已有一百多年沒有學弟妹願意在他麾下接受指導。樓夏選擇接受岳格指導的決定，讓其他武神紛紛覺得他想不開，甚至認為不到一年他就會申請轉調。彷彿要證明自己沒錯，樓夏至今也堅持了將近半年，全靠崇拜與忍耐，努力無視岳格讓人看不順眼的地方。

「岳格學長到底什麼時候會來呢？時間也快到了啊……」一陣陣冷風吹得樓夏全身冰冷。正值十二月的臺灣北部氣溫相當低，就算身為武神，他還是擁有血肉之軀，仍然感受得到冷暖。

「你在那邊碎碎念個不停幹嘛？」岳格穿著與樓夏相似的裝束現身。

曾有人說他那雙細長的丹鳳眼可能有狐仙的血統，尤其後腦杓束著略長的馬尾，髮尾處還帶著一點紅，左耳有個不顯眼的銀色耳環，一再地讓人懷疑他根本就不是凡人出身。

當然岳格從不解釋也懶得理會，每當有人問起，他總是瞇起那雙細長的丹鳳眼笑而不答，增添更多的神祕感。他那把砍殺心魔用的長刀還收在刀鞘裡，武神的武器是以個人習慣來決定，每個武神的武器都不相同。

岳格衣袍的衣領與袖口內裡顏色與樓夏不同，顯示出兩人資歷的區別。據說現在人界的武神中，衣服繡有金邊刺繡的是相當稀少的最高階級，僅次於這個階級的是銀邊刺繡，再來才是最普遍的青邊刺繡。青邊刺繡只有像是樓夏這般，未滿一百年的菜鳥武神才會使用。

「岳格學長，晚安。」樓夏隨即往後退一步，朝他恭敬地行禮。

「你不用這麼早來吧？出發前三分鐘會合不就好了？」岳格慵懶的姿態與樓夏形成對比。

「我想先觀察一下地形，我們鮮少來這裡，要多注意點。」樓夏看著身形比他高壯的岳格，帶著幾分敬重的態度。

兩人已經相處半年有餘，卻仍然像不熟悉的同事，加上岳格態度向來冷淡，使得他們之間能交談的話題很是有限。

「我都在這裡待五百年了，比你還清楚所有地形。我會帶路，不需要擔心。」岳格看了腕表，順了順自己的髮尾，拔出長刀踩上頂樓邊緣瞇眼看著街道。

「午夜十二點了，看清楚心魔最初現身的位置。」岳格舉起長刀，隨時準備俯衝。

心魔只會在午夜出沒，子時一到凡人頭頂的頂竅便會微開，心魔就是從此處竄出。凡人的負面意念化為一團汙濁緩緩昇天，汙濁的負面意念會被已經成形的心魔吸引，起初是一條如蚯蚓般的大小，短時間內引來四面八方的負面意念，將其凝聚並吸收後就會變成一尾黑色大蛇。大蛇會在街道上蛇行移動，過程中仍繼續不斷吸收人們的負面意念，不停壯大。

當心魔還是尾小蛇時，武神往往並不會動手，而是在後頭追蹤，因為他們還得先利用黑蛇凝聚凡人的邪念。

「看到了嗎？」岳格看了腳底下的街景一眼，並沒有想親自動手的意思。

「東南邊的十字路口，出現了雙頭小蛇、西北邊的外環道路也有一尾小蛇……岳格學長，你想從那邊追起？」樓夏觀察到兩邊的動靜幾乎是勢均力敵的程度，只能徵求經驗豐富的岳格的意見。

「你看不出來？」岳格冷冷看了他一眼，頗有責備的含意。

「我真的看不出來，兩尾小蛇都一樣大。」樓夏一臉無辜地坦承，岳格仍是冷冷看著他，有好長一段時間都不說話，這下樓夏慌了。

「呃……學長，我經驗不太夠，麻煩跟我說是怎麼一回事好嗎？」

「還算會說話。你仔細看西北邊的小蛇，它變大的速度比那尾雙頭的還要快，表示這尾有能力吞掉其它心魔，當兩尾在這一區正中間最大的十字路口會合，西北邊的會直接吞噬掉雙頭這尾。」

「原來是這樣……」樓夏恍然大悟地看著岳格所指之處，他緊盯著西北邊的黑蛇，它果然在他們談話之間漸漸壯大了起來。

「知道就出發吧！去跟在西北邊的黑蛇後面。」岳格甩了幾下長刀，腳一蹬騰空往那尾逐漸變大的黑蛇飛去，束起的長髮隨著移動飄揚。樓夏看得有些入迷，但很快地便回過神來，緊跟在後怕落單。

岳格逐漸接近位在西北邊的黑蛇，他始終跟在最尾端，看著它在馬路上滑行。只要經過有人的地方，心魔就能吸得大量的邪念，而凡人的欲望源源不絕，還沒抵達預測的十字路口，它就已經比另一尾雙頭蛇大了足足一倍。

「好了樓夏，你去最前方注意它的眼睛，如果生成了就等待時機。」

「啊，是！」樓夏全身緊繃、姿勢僵硬地回頭應了聲，岳格見狀不禁瞇起眼。

「衝上去！我從後面護著你。」岳格空出一隻手，用力拍了樓夏的背一下，驅使他迅速往前。

樓夏猶豫了約莫零點五秒後，握緊手上的長槍加快速度往前衝，保持跟黑蛇並行的速度。眼看就快抵達預測的會合處，與岳格預判的相同，他們尾隨的這尾黑蛇體積比雙頭黑蛇大上了一倍。兩方都不願認輸地往前衝，同時張大了嘴巴試圖吃掉對方。

岳格往上飛，高喊道：「樓夏，注意時機，直接攻擊弱點。」

「是！」樓夏握緊長槍，見黑蛇的頭部漸漸顯現雙眼、張開大嘴露出長牙，便高舉長槍，在大黑蛇的長牙咬住雙頭蛇的瞬間，朝著它剛浮現的右眼狠狠戳刺。

大黑蛇似乎感受到疼痛，發出相當刺耳的悲鳴，介於虛幻與真實的蛇體開始出現崩裂的跡象。

「左眼也快！」岳格待在高處喊道，卻沒有動手幫忙的意思。

「啊，是！」樓夏隨即拔起長槍，又改往左眼戳刺。這一擊戳得很深，兩尾互咬的黑蛇同時由內而外逐漸裂開，黑濁的體內透著腥紅的光線。

「很好，你現在讓開，退到三公尺外去。」岳格來到樓夏的正上方，樓夏抬頭望了一眼便馬上抽回長槍，退到指定的位置。

他看著岳格雙手握緊長刀，先是往上飛高，接著急速俯衝，將大黑蛇的頭一刀砍下。在十字路口會合的兩尾黑蛇高高挺起，突然又像失去所有支撐似地重重往下摔，最後在道路上化為塵埃般的微小粒子，緩緩朝天飄去。

樓夏與岳格在半空中看著解體的心魔粉塵被天界回收，瞬間周遭的空氣變得乾淨清爽起來，今夜砍殺心魔的任務正式結束。

「今天都是低階的心魔，它們會趁著人類入睡時，吞食洩出的惡夢與整天累積的負面情緒。最近心魔常幹這種事，真是越來越偷懶了啊。」岳格將長刀收回刀鞘，帶著抱怨的語氣說道。

「哎？偷懶？」樓夏將長槍收到背後，困惑地看著他。

「以前的心魔很狡猾，會吞噬人類的意識，懂得思考跟反擊，現在連心魔都退步了。」岳格搖搖頭，確定最後一批塵埃被天界回收完畢後，便轉著手腕說道，「回去吧。」

「……是。」樓夏跟著岳格騰空飛離那條十字路口。

途中樓夏忍不住回頭看了已經被掃蕩乾淨的街道一眼，卻因為一陣強風襲來，讓他差點重心不穩，一時飛偏發出悲鳴。岳格也回過頭來看了他一眼，露出責備的目光。

「結束工作就放鬆了啊？」岳格放慢飛行的速度，嘲諷地說道。

「我只是想多注意一下。」樓夏輕咳一聲，對於剛才的行為感到羞愧。

「該注意的事情不注意，不用注意的地方又特別在意。」岳格雙手環胸轉身面向他，身體依然朝著既定的方向飛行。

「抱歉，我還有很多事情要學習……不過岳格學長真的好厲害啊！預測都很準，也很會抓攻擊的時機。如果沒有你提醒的話，我還真沒把握能成功收拾心魔。」

「經驗而已，過一陣子就會放給你自己應對了。」岳格沒有因為他的誇獎露出絲毫開心的反應，隨即便恢復往前飛翔的姿勢。

「啊，是！我會努力的。」樓夏握緊雙拳認真喊道，過於積極的反應讓岳格不耐煩地搖頭。

「真不曉得你怎麼會想來我這裡？跟著我可沒任何好處。」岳格感受到背後樓夏那雙始終對他充滿崇拜的眼神，覺得負擔很重。

「能跟著岳格學長就是好處，你可是我的偶像。」樓夏依然激動地傳達自己的心情。

岳格忍不住伸出手指頭堵住耳朵，可惜樓夏音量很大，這麼做實在沒什麼用處。

「大家都說你不會接受我的申請，但你還是答應了！而且這半年來有這麼多值得學習與研究的經驗，真不愧是人界資歷最深的武神。」

「我是不得不接受的好嗎……」岳格的態度很是敷衍，對於樓夏過於熱情的性格也感到棘手。

耳邊繚繞著樓夏滔滔不絕的誇讚，岳格越來越想回到半年前，早知道就該用盡各種手段拒絕這隻菜鳥的申請才對。

「這孩子好吵啊……」岳格估算著到底還要多久才能到家，暗暗想著要是樓夏可以安靜一點那該有多好。

身為武神，每天深夜砍殺心魔是他們的例行任務，但真正上工的部分也就只有午夜十二點至清晨四點，其餘的空檔都是自由時間。

這是天界對武神最大的寬容，自由時間只要不做出傷天害理、損人性命的惡劣行為，其餘都睜一隻眼閉一隻眼。因此大部分武神白日都有其他身分，去學校上學、開公司經商等等，同為武神者也可以結婚共組家庭。唯獨不能與凡人結婚，不得干預人界局勢，除此之外想做什麼都可以。

岳格白天是個商人，經營日進斗金的水產買賣，在北部市中心還有一棟舒適的大樓作為住家。本來獨自生活、單獨執行武神任務的岳格過得相當愜意，畢竟沒有強制年資滿五百年就一定得返回天界，他就乾脆待在人界快樂過日子。

樓夏的出現完全打亂了他的生活步調。身為指導學長，他還得替這小子張羅住處，按規定不能離他太遠，但是岳格又不願意與樓夏同住，最後只能把樓下的空房讓給樓夏住。

「那本來是要租出去，順便賺點錢的啊！」岳格望著自己的大樓喊了這麼一句。

嘴上說歸說，他還是領著樓夏進入地下室，迅速換掉執行武神公務用的裝束，整了整略微散亂的頭髮，把專用武器收進暗房的金屬盒裡。

慣例程序完成後，樓夏尾隨在岳格身後一起進了電梯。

「岳格學長，你每天這樣賣水產，還賺得不夠嗎？」樓夏拉了拉自己的連帽長袖外套，一副對人界完全不熟、比高中生還要單純的樣子。

「真是的，你這麼天真是要怎麼在人界過日子？」岳格順手摸了一下左耳的耳環，瞥了這純潔的後輩一眼後，轉而雙手環胸看著電梯面板不斷往上增加的數字，唉聲嘆氣。

「我會跟在岳格學長身邊認真學習的！」樓夏絲毫沒有注意到他的不耐煩，雙手握拳認真說道。

岳格又嘆了口氣。那副熱力十足的樣子，光是看著就覺得累。

「那間空房要是能租出去，我可是會增加不少收入。偏偏你這傢伙申請要讓我指導，害我只能忍痛犧牲那麼優秀的空房……」岳格忍不住掐指一算，惋惜白花花的鈔票就這麼飛了。

樓夏眨了眨眼，似乎終於發現岳格心情欠佳，他輕輕攀住岳格的肩膀，視線自然而然由下往上仰視。這時他注意到，這位傳說中的武神學長個頭比他高壯好多，目光又情不自禁露出滿滿的崇拜。

「你要做什麼？」岳格被過分讚賞的目光盯得全身不自在，伸出手推開樓夏的臉，拒絕與他四目相接。

「學長，為了彌補你為了我造成的損失，明天的工作我會加倍努力的！」

「照平常的樣子就好。我讓你待在身邊當特助，就是怕身分曝光，請你把最大的努力與用心放在別惹人起疑，好嗎？」

岳格不耐煩地解釋後，樓夏被架開的視線又再度轉向他，讓他終於受不了地補充道：「可以別老是這樣看我嗎？我真擔心你眼睛會熱情到噴出火來，冷靜點。」

「是。」樓夏說是這麼說，但是那雙熱切的目光沒有半點收斂的意思。

恰好電梯門開了，岳格想也不想，直接把他推出門外。

「好了！快去休息。」岳格一點也不想看到他，無情地低頭猛按關門鍵，樓夏卻突然上前壓住電梯兩側的門，阻止門關上。

「你又想做什麼啊？」此時岳格按著關門鍵的速度又更快了。

「岳格學長，我還沒有跟你道晚安。」

「好好好，晚安、晚安，手快放開！」

「好，晚安！學長好好休息。」樓夏收回手，趁著電梯門關上前又向他一個鞠躬。

好不容易可以獨處的岳格疲倦地靠在電梯牆上，等著抵達自己的樓層。一想到樓夏過於熱情充滿活力的模樣，他便一陣頭痛，不禁低語道：「想到還要跟這傢伙相處好一陣子，就覺得好累啊……饒了我吧……」

沒意識到被岳格嫌棄的樓夏，心滿意足地返回了對方為他準備的住處。那是個將近四十坪的單層生活空間，三房兩廳還有精緻的廚房設備，但整個單層公寓裡只有一組雙人沙發、主臥室一張雙人床，以及廚房那臺小冰箱，除此之外沒有任何家具。

對樓夏來說一個人住有點太大，他本以為會與岳格學長同住，畢竟同樣的格局還有兩間空房可以使用，沒想到岳格聞言馬上拒絕，想更親近對方的樓夏覺得很是可惜，一想到這件事就失望地垮下肩膀。

「如果可以跟學長一起住，就能照顧他的生活起居了呢，幫他打掃煮飯什麼的。」樓夏慢慢走回房間摸出睡衣，準備洗澡睡覺。

一進浴室他馬上脫光沖澡，溫熱的水灑在頭和肩膀的瞬間，忙了整天的疲勞感全湧了上來。

「不過白天能跟在學長身邊工作已經很不錯了，雖然岳格學長在做什麼……水產貿易商的工作真讓人意想不到。」樓夏雙手撐著牆壁，感受強勁的水流灑在身上的按摩感。他不是不曉得岳格不想讓他親近的態度，但是對樓夏來說，這一點都不影響自己的心情。

沖澡讓他心情輕鬆，也使他忍不住回味起剛才的種種，想著岳格學長領著他執行砍殺心魔任務的身影，他露出連自己都不自覺的傻笑。

「岳格學長真的很帥哎，不愧是砍殺心魔技術名列前茅的武神。雖然近百年有點鬆懈，但仍然保持前三名的程度，真的是太厲害了……」樓夏邊回味邊捧起一把溫水往臉上潑，揉揉自己的臉後這才關掉水龍頭，換上舒服的睡衣上床睡覺。

時間已經是半夜三點，櫻夏一早八點半就得跟著岳格出門上班。身為武神的他雖然武術、擊殺的技巧還很菜，但最大的優點就是體力好，只需要休息兩個小時就能恢復精神。

「不過，為什麼岳格學長明明已經有超過五百年的資歷，卻不想請封神職回天界呢？以他的能力要取得正式神職一點都不難，卻甘願躲在人界當最基層的武神，實在太可惜了……」櫻夏將被子往上拉，蓋住下半邊臉，舒服的床被與枕頭讓醞釀的睡意來得很快。

半夢半醒的櫻夏滿腦子都是岳格的事，想起最初想在岳格手下工作的心願引來同期們不可置信的態度，他心裡就覺得委屈。

「岳格學長人其實挺好的啊，只是不太理人、不太想跟我說話而已。跟在他身邊工作，還會發薪水給我……」

櫻夏想起岳格那冷淡的神情，竟忍不住勾起微笑，隱約夢著往事、摻雜著與岳格相處的種種，就這樣愉快入睡。

在成為武神之前，樓夏只是在地府修行的凡人生靈。因為生前品行端正、無不良記錄，所以被留在地府幫忙看管鬼魂，進而成了基層員工。他就這樣不知不覺學會武術、打鬥技巧，加上每年的考核成績都在中上，負責掌管人事的總判官就替他申請前往天界擔任武神。

按照規定，最初他是實習武神的身分，得在初級武神班見習或執行實習武神的所有工作。他就是在這段期間，親眼目睹了岳格執行任務的過程，瞬間著迷，從此無法自拔。

實習滿五年就可以申請下到人界，與前輩兩人一組執行任務。樓夏填寫志願表時，首選毫不猶豫便決定是岳格學長這件事，招來了所有人的不解。

「這麼多武神前輩可以選，就偏要選這個人？你知道他是出了名的討厭新手嗎？已經不知道有多少人被他罵哭，一百多年來都沒有人願意讓他指導，幹嘛這麼想不開？」

與樓夏交情特別好的一名男性武神，揪著他的志願表不停叨念，但是樓夏不為所動，小心翼翼地拿回自己的志願表。

「我當武神的夢想就是能跟學長共事，他為人到底好不好我自己會承擔。」

樓夏看著志願表上被抓皺的痕跡，感到不捨地努力兩手並用，試圖撫平紙張。

「瘋子，你換一個啦！而且申請資格還需要對方簽名蓋章，你這張絕對會被退回來。」同伴仍不停苦勸，但樓夏完全沒有動搖，甚至在對方面前直接送出志願表。

樓夏的申請過程很順利，比起其他搶手的武神學長姐，接受申請後還得經過長時間篩選，他在一天後就收到許可通知書，下一步就是前往人界請岳格簽名同意。

岳格必須在指定時間與他見面，選擇要不要接受指導的工作，這時終於要與對方見面的樓夏，才真正感到緊張。

雙方初次見面的地點就在岳格的住處。樓夏身著全套正式西裝，坐在岳格指定的沙發上，面前放著一杯冰開水。他明明口非常渴，卻因為氣氛過於沉悶完全不敢亂動，岳格不太開心的情緒完全寫在臉上。

「你怎麼會想讓我帶？」岳格露出凶惡的目光，手裡是樓夏在天界填寫的申請單，心情惡劣到快把那張紙捏爛了。

「我在實習的時候就對你的事蹟一直非常關注，我的目標就是日後一定要在你底下工作。但是很多人都說你已經有一百多年沒有收過後輩，所以……所以……」樓夏還沒將話說完便沮喪地垂下肩膀，嘶啞的聲音彷彿快哭出來了。

「所以什麼啊？話不說清楚在那邊哭哭啼啼的……」岳格眼神帶著鄙夷瞪了他一眼，樓夏隨即挺起身軀試圖振作。

「所以就算知道機會很渺小，我還是想試試看……」

「嗯，我先讚美你的勇氣。」岳格將申請表往桌上一放，調整一下坐姿，同時慣性地摸了摸左耳耳環，對他這麼說道。

樓夏一聽隨即露出欣喜的笑容，岳格卻在下一秒馬上打碎他好不容易恢復的自信。

「反正都有心理準備，你回天界重新申請別的學長姐吧！我喜歡一個人行動，所以才不指導後輩，你回去吧。」岳格將申請表退回給樓夏，還做出準備送人離開的手勢。

樓夏拿回那張皺巴巴的申請表，茫然地看著岳格，「學長，你真的不再考慮嗎？」

「一秒都不考慮，你快回去天界重新申請。」岳格不耐煩地揮揮手，樓夏就在他強硬拒絕的態度下落寞地離開。

岳格本以為事情就此落幕，他可以繼續快樂地獨自執行砍殺心魔的工作。然而欆夏最大的優點就是固執，他非但沒有返回天界，甚至在隔天早上岳格正要走進自己經營的水產貿易公司大門時，從角落衝出來攔阻他的去路。

「岳格學長！拜託你，我真的很想在你旗下接受指導，請你再考慮一下好不好？」欆夏的臉色相當差，昨天岳格的回絕讓他徹夜睡不著。

岳格沒料到他會出現，不禁後退一步。跟隨在後的人類下屬立刻上前阻擋。

「你怎麼還在這裡？快走。」岳格依然不想收，揮揮手要下屬驅離他。

「岳格學長，我真的想要跟在你身邊，武神——」欆夏的話還沒說完，岳格馬上衝上前摀住欆夏的嘴巴，避免他在大庭廣眾之下把武神的事情說出口。

「你這個笨蛋，會不會看地點？想讓身分曝光嗎？」岳格用力壓住他的嘴巴，用著只有兩人才聽得見的音量咬牙切齒說道。

無法說話的欆夏用著可憐兮兮的眼神望著他許久，彷彿快哭出來了，岳格居然不禁感到愧疚。加上周圍有不少人圍觀，下屬也在旁試圖拉開兩人，他為了不讓事情鬧大只好讓欆夏進公司，並遣走所有人，與對方單獨在個人辦公室談。

「你到底在幹什麼？我不是說不收嗎？快回天界吧！」門一關起來，岳格的態度還是與昨晚相同，甚至更凶狠了。

「我只想讓岳格學長帶，你不答應我就不會離開。」樓夏鐵了心要跟在岳格的身邊，把手中的申請表再次遞到他面前。

岳格看著被弄得皺巴巴的申請表，不耐煩地嘖了一聲說：「真麻煩，我直接聯絡天界的人來帶你走。」

「不！岳格學長，我真的很想在你身邊。」

「但是我不想！」岳格吼回去後，立刻伸手壓著自己的眉心，顯然是在聯繫天界。

樓夏眼看最後的機會就要溜走，慌忙地大喊：「如果岳格學長不答應，我現在就打開門向大家說你是武神的事！外頭的員工不少，我相信他們要是知道這件事，一定會很驚訝。」

岳格緩緩放下手，露出震驚的眼神說道：「你居然會用威脅這招？」

「我是真的想留在學長身邊！看是我揭露身分比較快，還是你聯繫天界比較快，要不要來賭賭看？」樓夏咬牙說道。他平常不會做這種事，因此全身緊張得發抖，也很意外自己竟為了留在這個男人身邊做到這種地步。

「你……看你一臉正直憨厚樣，沒想到會做這種事啊？」岳格收回手，顯然在壓抑怒氣。

「我真的很仰慕你……除了你，我誰也不想要。」

「簡直跟告白一樣可怕，真是的……跟了我保證你會後悔。」岳格狠狠瞪著他，試圖用威脅拒絕，當然此舉完全撼動不了固執的樓夏。

「我絕對不會後悔，我絕對不會離開你身邊。」樓夏急得雙眼發紅，簡直像快哭出來了。

「啊……真是的，真拿你沒辦法，我收就是了。」岳格不願意自己在人界愜意的日子被破壞，在樓夏的堅持下只好收他當指導學弟。

而這樣的結果，也讓天界的人無一不感到震撼。

順利讓岳格同意之後，樓夏就被安排住在對方樓下。不過他被再三告誡，只有執行武神任務、白天的助理工作時才能與岳格接觸，其餘時間皆不准打擾，否則就扣武神考核成績和助理的工作薪水。儘管樓夏收工之後還是很想與偶像多說說話，但為了不讓成績太難看，只好忍了下來。

這夜樓夏夢到那天的情景，不禁露出滿足的笑容，慶幸自己努力堅持才能有好結果，這樣的好心情延續到了隔天一早。

白天樓夏必須擔任岳格的特別助理。他的職位其實是岳格勉強撥出來的工作，主要就是幫岳格打雜，任何祕書不想做的瑣事都交給他處理，例如買早餐、送洗衣物、買咖啡……等等，在岳格的公司裡他簡直就是個跑腿小弟。

所有人都看得出來岳格對樓夏有點不耐煩卻又甩不開，只能眼睜睜地看著岳格用工作的名義欺負他。然而這個有著高中生外貌的孩子卻總是滿臉笑容，不禁令人感到同情。

今天岳格在早餐時又徹底刁難樓夏了。

「我說過要半熟蛋、烤牛肉、兩塊貝果不能烤不能抹奶油，這三項都必須分開放，你怎麼全混在一起了？重買。」岳格將早餐往前一推，狠狠拒絕樓夏精心準備的早餐。

「啊，是！抱歉，我立刻去。」樓夏轉身往外跑，岳格此時又出聲叫住他。

「等等，既然要重買早餐，順便再幫我買杯咖啡，兩包糖一顆奶球、溫的。」

「好。」樓夏努力記下新增的點餐後，又慌忙地跑出門。

這時送來文件要請岳格簽署的祕書春姐，恰好與樓夏錯肩而過。她看著被丟在垃圾桶的紙袋，在遞上文件時忍不住低聲說：「岳老闆，你對樓夏會不會太嚴格了點？以前我幫你買錯的早餐，你不也都會吃光？」

春姐看著樓夏跌跌撞撞遠去的身影，不禁露出同情的目光。

「他跟妳不一樣，打從他來了之後就破壞了我美好又平靜的生活，不從這些小事整整他實在難以消氣，妳就別管了。」岳格搖搖手，拿過文件仔細閱讀上頭的文字。

春姐還想為樓夏說點什麼，但是期間一直聽見岳格不斷抱怨那孩子，只好作罷。

又過二十分鐘，樓夏好不容易買回早餐。岳格看他完成了自己隨口講的要求，沒有出任何紕漏，雖然心有不甘還是平靜地吃完早餐，並交給他一大疊文件。

「這些是公司成立以來的所有交易記錄，我要你幫我分類，魚、蝦會分吧？」

「啊……會、會。」樓夏看著堆高的大量文件，嘴巴大開，似乎被嚇到了。

「很好，三天內處理完再交給我。我要去開會了，你就在這裡忙吧。」岳格交代完後又跟著春姐離開辦公室，樓夏則認真地開始將那龐大的資料逐一分類。

關上辦公室門前，春姐忍不住回頭看了樓夏一眼，跟隨著岳格離開後，她才又低聲說：「岳老闆，我以前從沒聽過那些交易資料要這樣分類啊……我看那一疊起碼也有數十萬筆交易記錄，要他三天內弄完，會不會太苛刻了？」

「並不會！我就是突然想做這些，妳再幫他說話我就分一半給妳處理。」

「抱、抱歉，是我太多嘴了。」春姐雖然很同情樓夏，但是為了不讓自己繁忙的工作再添加麻煩，只好選擇閉嘴。

樓夏似乎沒感受到岳格給他的工作全都是在刁難，都當成磨練努力做好一切。

當岳格開完會回來時已經過了中午，與會的下屬們都和他一邊開會一邊享用午餐，被刻意疏遠的樓夏則還在助理的位置上，努力分類著文件。

岳格知道他還沒吃午飯，但是就是想整整這傢伙，乾脆視而不見逕自回到座位上閉目養神。

樓夏就算再怎麼有體力，終究還是有點餓了。他小心翼翼地抬頭看著正在閉眼午休的岳格一眼，盤算著時間應該還夠分類完這些文件，便悄悄起身離開辦公室買午餐去。

岳格這才睜開眼，看著剛關上的門發出嘆息。

「真是的，可憐兮兮又認真的模樣，害我罪惡感好深。」岳格擰起眉，對於自己複雜的心情感到不舒服。

樓夏對每一件事都很是認真，他並不是沒有看見，反之全都看得清清楚楚。就算工作內容根本就是故意為難，樓夏也從沒有過一絲怨言，甚至笑容滿面地完成，越是這樣越是讓岳格感到心煩。

「我在人界這麼快活地做生意賺錢，只要每天晚上砍個規定數量的心魔就可以交差，現在多了這小子我還得分神照顧，真是……」岳格閉上眼，想起樓夏堅持要他收下申請書，並在公司大門口威脅要公開他武神身分的事情，驀地又睜開眼，剛才的罪惡感頓時消失殆盡。

「不對！是這傢伙先威脅我，我才會這麼生氣！」岳格咬牙，想起那天樓夏擋在大門前的種種，又起身從別處搬來一堆資料，等著樓夏回來給他追加工作。

「居然敢威脅我？不跟其他溫柔的武神前輩，偏要來招惹我，根本就是自找麻煩。啊……剛剛有一瞬間居然對他心軟了，我是白痴嗎？」

岳格又再拿起一堆文件往樓夏桌上放。目睹歸來的樓夏對著桌上多了整整兩箱的文件露出錯愕的表情，無良老闆頓時甚是愉悅。

第二章

距離午夜十二點還有三十分鐘。

樓夏已經換上代表武神的裝束，手握長槍，打著哈欠等岳格來會合。

他們這次約在一棟二十五樓高的住宅大樓樓頂見面，比起昨晚，今天的地點稍微偏遠些，已經接近郊外。

「資料只分類完兩成，這樣來得及嗎？」樓夏滿腦子都是岳格白天要他做的工作，事實上他直到剛剛十點多才離開辦公室換裝上工。

「當人類上班真累，每天從早到晚，剛剛離開的時候別家公司還亮著燈，大家真辛苦啊……」樓夏按壓著痠疼的肩膀，白天繁雜的工作讓他一時還無法從勞動的情緒裡掙脫。

「岳格學長大概還是五分鐘前才會到……稍微打個瞌睡好了。」樓夏難得感到疲倦，決定席地而坐靠著牆閉眼睡覺。就這樣恍恍惚惚地睡了一會，直到感覺有人搖著他的肩膀，這才漸漸清醒。

「怎麼這麼可憐。」岳格一副就是睡飽吃飽精神奕奕的狀態，用腳跟踢著樓夏的腿問道。

「啊，岳格學長……你來啦？」樓夏揉揉眼睛，仍然疲倦不已。

「你居然在這裡睡覺，搞什麼？」岳格站定位置，一手握著刀柄。那雙丹鳳眼帶著幾分殺氣，儼然已經準備進入工作狀態。相較於樓夏過度加班的疲累，精神狀態形成相當大的對比。

「我整天都在做你交代的工作……剛剛才從辦公室離開……」樓夏慢慢站起身，委屈地解釋。

「我又沒有叫你加班。」岳格忍不住露出鄙視的眼神，樓夏的反應則更委屈，甚至逐漸淚眼汪汪。

「可是岳格學長說三天內要做完……等一下結束砍殺心魔的工作後，我會再回去辦公室加班。」樓夏依然揉著雙眼，總算有了些精神，卻對上岳格瞇起眼不太開心的反應。

「真是的，你就不會跟我說想延長時間嗎？」岳格看他可憐兮兮的樣子，原本壓下的愧疚感又湧了上來。

「你都說要三天，我必須達到你的要求才行。」樓夏戳戳自己的手指，好似挨罵的小孩。

「多給你十天的時間就是了，時間到了、上工。」岳格眼看時間已經來到午夜十二點，一腳踏上大樓圍牆邊緣，觀察著下方的動靜。

樓夏慢慢地上前與前輩並肩而站，透過他們的雙眼能看見四周都有黑蛇在街道上蛇行的跡象。

「十二月入冬工作忙，情緒也比較容易低落，今天全都是小蛇。」岳格搜尋著四周，試圖從眾多小黑蛇中找出今天的蛇王。

「今天心魔的程度似乎都差不多……」樓夏看著密密麻麻的小黑蛇在街道上鑽動，甚至穿越過不知情的凡人肉體取得更多的負面意念，每一尾心魔黑蛇都在慢慢壯大。

「總有一個蛇王，東方那一尾長大的速度很快，大概十分鐘後會通過這一區的十字路口，我們在那邊會合，你去尾隨它。」岳格交代完任務後，往下一跳混入下方的街道，沿路揮舞著長刀將所有的心魔消滅。

樓夏看著對方流暢的動作，再次露出崇拜的目光。這樣的技巧他現在還無法施展，加上按規定也必須完全遵從指導學長姐的要求。他拍拍自己的臉頰驅散疲累，往下一躍來到岳格指定的位置開始尾隨小黑蛇。

「真的是如岳格學長說的那樣，變大的速度好快……」樓夏握緊長槍，看著蛇尾在搖晃的同時不斷將街道上其他的小蛇吞噬，此處距離會合地點還有兩個路口。

「我往前看看好了。」樱夏加快飛翔的速度，來到黑蛇的頭部觀察，「還沒開眼……看來還沒有吃夠心魔。」

樱夏就這樣又跟了一個路口後，發現黑蛇的雙眼漸漸顯現。他舉起長槍戒備，看著遠處的岳格大開殺戒，火光與黑色塵埃裡，那個束著長馬尾的高壯身影不停斬除心魔，樱夏不禁感到佩服。

「我也得做點什麼才行……」樱夏看了看底下的那尾黑蛇，它已經與街道同寬、雙眼浮出，他們必須在這尾心魔成為有意識的魔體時動手，開眼就是象徵之一。

「雖然岳格學長說要等到前面的路口會合，但是……」樱夏稍微往上飛高幾公尺，迅速檢視周圍的動靜，除了這尾大黑蛇以外，其他地方的心魔都已經被清除或者吞噬乾淨。

「現在只剩下這傢伙還沒解決，不如今天就由我動手吧——」樱夏握緊長槍瞄準黑蛇的頭部而去。

另一邊好不容易清除完所有小蛇的岳格，恰好目睹樓夏由上往下俯衝的瞬間。

「這個傻瓜！這傢伙根本還不能……」岳格明白樓夏誤判情勢，解決掉最後一尾黑蛇後急忙衝上前，可惜他的速度仍然太慢了些。

黑蛇雙眼才剛微微開啟就看見樓夏握著長槍朝自己而來，馬上轉身甩動尾巴狠狠一掃。

樓夏在沒有防備的情況下被黑蛇尾巴甩開，短暫地失去了集中力與意識。他一邊想著自己會死掉一邊往下墜，但下個瞬間卻被一股力量往上提，當他完全意識恢復時，就看見岳格帶著一張怒不可抑的臉，正揪著他的衣領往上飛。

「想找死也不是這種方式！」岳格狠狠將樓夏往上拋，讓他遠離黑蛇，並憤怒地指著他說，「給我留在這裡，不准動。」

岳格扔下這句話後，便提起長刀俯衝。在樓夏的注視下，他先是戳瞎黑蛇的雙眼，緊接著快速地將蛇身砍成三段，黑蛇癱倒在馬路上掙扎滾動了一會，最終化為塵埃緩緩升空被天界吸收。

整個過程岳格僅花了三分鐘不到，樓夏看得目瞪口呆崇拜不已。

岳格站在馬路上，確認所有的心魔塵埃都被天界吸收完畢。他實在壓抑不了一股怒火，將長刀收好後直接往櫻夏飛衝而去，狠狠地拽住他的衣領質問：「我有說可以動手了嗎？」

「沒……沒有……」櫻夏猛搖頭，說話結結巴巴，被岳格的怒氣嚇得全身冒冷汗。

「你剛剛是找死嗎？要死也不要在我指導時死！白痴啊你！」岳格失去耐性又朝他大吼。

剛才櫻夏差一點直接被心魔被吞噬。新手武神如果死亡，責任就會算在負責指導的前輩頭上，這也是岳格長期不願意收後輩的原因，他沒那麼多熱情與善心，只想當個每年都剛好考核及格的武神就好。

「岳格學長對不起……」櫻夏曉得這次是自己不對，低頭不斷道歉。

岳格的怒氣來得快去得也快，只是心裡還是有點不甘，鬆開手後仍然冷著一張臉瞪著櫻夏。

「下回再這樣，我會直接寫懲戒書處理，讓你重新來過算了。」

「對不起……」櫻夏認真反省充滿歉意的樣子，讓岳格一下子就不怎麼氣了，他知道這傢伙的反應從不虛假。

「收工吧。」消了怒氣後，岳格轉過身就往回家的方向飛去。樓夏安分地跟在後頭，隱約感覺到他不怎麼生氣了之後，稍微加快速度跟在岳格身邊。

「做什麼？」岳格冷冷一瞥，又看見樓夏那雙閃閃發光的眼神。

「岳格學長剛才真的太帥了！我什麼時候也能像你這樣，以一擋千呢？」

岳格深深吸了一口氣。他並不是不耐煩，而是不想讓樓夏發現，他被這麼一誇竟心情有些愉悅，但是努力維持冷淡的樣子反而看起來變得有些古怪。

「岳格學長，你、你不舒服嗎？還是在剛才的任務受傷了？」樓夏驚見他扭曲的臉，擔心地攀住他的手臂問道。

「我沒事！回家。那些文件的分類……你一個月後再交也可以，現在直接回家睡覺，不要去公司了。」岳格揮揮手加速往前飛去，不想讓樓夏看到自己的臉。

「啊，是！謝謝岳格學長，學長你好帥！」樓夏欣喜地喊道。

岳格不用看都能想像樓夏臉上是什麼樣的表情。雖然他挺喜歡被這麼吹捧，但是一想到這傢伙所做的種種又馬上清醒過來，不過他仍然忍不住回頭看了樓夏一眼。

不看還好，他看了便嚇得立刻轉回頭，因為那一瞬間岳格覺得樓夏眼中不只是崇拜，好像還對他帶著一點……愛慕?!他不禁渾身一顫，加速往前飛行企圖甩開樓夏。

可惜之後樓夏緊黏的功力，完全超乎他的預測……

就在樓夏白天當助理、晚上當武神的生活又持續一個月後，他的生活有了微小的變化。

岳格的機要祕書春姐懷孕已滿五個月，因為情況不穩定，需要提前請安胎假數個月，加上之後還有育嬰假，岳格乾脆大手一揮決定讓她直接休假去。而春姐的工作就直接讓樓夏頂替了大部分，一來避免樓夏洩漏武神的祕密，二來這個職位多半都是處理岳格的行程與貼身事務，正好避免讓樓夏跟其他人接觸，免得節外生枝。

經過春姐休假前這一個月的指導，直到樓夏正式單獨接掌的那天，他已經能完全上手。除了偶爾慌了手腳，惹來岳格殺人般的眼神之外，都做得相當不錯。

轉瞬樓夏暫代祕書職位，獨立執行工作已滿一週。忙得沒時間整理頭髮的他，不如先前的俐落短髮，而是留起了更符合外貌年紀的中長髮型。獨立工作的這一週以來，岳格指責他的次數明顯減少了，但是樓夏的黑眼圈卻也越來越重。

此刻他捧著一杯指定超商買來的中杯無糖美式咖啡、一袋杯子蛋糕，站在一輛黑色房車旁。眼看岳格從住家大樓出來、神態輕鬆地上車，將由長期合作的車行司機載送他們前往目的地，樓夏立刻緊跟上車，坐到他身旁送上餐點。

「岳格學長，你的早餐。」

「嗯。」岳格接過咖啡喝了一口，漫不經心地撕開包裝啃咬杯子蛋糕，一邊滑著手機查看其他下屬傳來的訊息。

樓夏安分地坐在岳格身邊，時而轉頭盯著看他吃杯子蛋糕。直到車子遇到紅燈停下，岳格抬頭看了一眼路況，恰好與他對上視線。

「幹嘛？你沒吃早餐嗎？」岳格以為他嘴饞，遞了一個杯子蛋糕給他。

樓夏搖搖頭悶聲說：「春姐跟我交接的時候，說學長早上習慣這樣吃。可是我當助理那段時間，你每天都點一堆複雜的早餐，我覺得很困惑……」他停頓了一會才又接著問，「岳格學長，你習慣一天吃兩次早餐嗎？」

岳格被他天真的提問搞得差點噎到，冷冷地看了他一眼說：「我真擔心你有一天會把自己賣掉。」

「啊？為什麼學長突然這麼說？」樓夏滿頭問號，岳格只是搖搖頭不打算多加解釋，忙著留意其他工作訊息。

岳格啜飲著咖啡，竟真擔心起了樓夏的率直，當然他絕不會坦承早餐的事不過是他想整整樓夏的行為罷了。

隨著樓夏職位變換，兩人相處的時間不得不增加後，岳格惡整他的行為減少了許多。不過職場接觸的人多了之後，樓夏也不如一開始的傻裡傻氣，開始懂得耍點小花招。不過思考方式還是有點死腦筋，岳格認為這大概是他永遠也改不掉的缺點。

「今天要去中部看個養殖場，你抓一下抵達的時間通知對方。」岳格吃掉最後一個杯子蛋糕，交代起今天的主要行程，樓夏連忙拿起手機開始安排。

白天做水產買賣的岳格相當忙。他是一個中盤商，儘管有業務部門，較大的買賣洽談通常還是由他親自出面。

他們大約早上十點抵達中部沿海的養殖漁場。那是一個搖搖欲墜、魚貨滯銷的養殖業者，經人介紹與岳格聯繫上，岳格有自己的通路可以解決這些滯銷水產，對方便欣然同意見面洽談。

這也是這一個多月以來，樓夏最討厭的一刻。

商人模式的岳格面貌相當狡猾，正因為面對的是經營面臨困境的凡人，他馬上抓住弱點，將對方辛苦養殖的肥美魚貨殺到極低的成交價格。業者雖然沒有慘賠，但是利潤極低。

目睹整個簽約過程的樓夏臉色一直很難看，業者是個年邁的老先生，從他滿臉皺紋的黝黑臉龐，看得出對自己的心血相當愛護，談好價格提筆簽約時還能聽見他小小的嘆息。連一旁的樓夏都替他感到心疼，岳格仍一臉平靜地完成簽約。

離開時已經中午，他們前往預訂的餐廳吃午餐。司機不打算跟他們一起吃，領了午餐津貼就去別的地方自行解決了，只有樓夏與岳格同桌吃飯。

等著餐點上桌的岳格，一下子就發現樓夏的情緒不太好，好奇地問道：「幹嘛？怎麼一臉不高興？」

「我覺得岳格學長剛才很過分。」樓夏滿腦子都是那個老人家無助的表情，忍不住帶著責備的目光望著他說，「胡爺爺花了將近一整年的時間養那些魚，你這樣不停殺價，殺到他無力招架，實在太過分了……身為武神也是天界的人，不是應該要以守護凡人為宗旨嗎？你剛剛這樣占盡他便宜，有辱武神的身分吧？」

「喔？所以你認為我應該怎麼做？大發慈悲，用比原價還要高的價錢收購？」岳格面對他的指控，只是輕輕一笑毫不在意。

「不……至少，可以讓那個胡爺爺能有點收益……」樓夏看著點好的餐點上桌，卻沒有任何食欲。

「我可是個商人啊，樓夏小弟弟。白天的我是個叫做岳格的水產貿易商，這也是我這幾百年來一直待在人界做的事情，況且我已經手下留情了，如果你受不了隨時都可以申請離開我。」岳格看他挫敗的樣子反而像在看戲，拿著筷子逕自吃起午餐。

樓夏悶悶地看著他許久，仍然湧現了飢餓感，也小口小口吃了起來。他不能反駁岳格，因為對方說得沒錯，況且一切都是合法買賣，只是……他所目睹的這一切，違背了自己身為武神的信念。

後來岳格又去了別的地方談生意，又用類似的手法向業主採買了相當大量的魚貨，接著還談了一個線上直播好來賣他手上的水產，返回臺北時已經是傍晚七點多。

「好啦！你可以下班了，等一下到指定的地點會合。」岳格與樓夏在公司門口分開。明知道樓夏心情因他而大受影響，岳格並沒有安撫的打算，甚至樂於讓學弟見見世間的殘酷，早點覺醒也好。

「是。」樓夏望著對方開心離去的背影，轉身仰望天空又看著街道的景象低語，「岳格學長怎麼跟我以前看的文獻完全不同呢？」

他垂著肩膀往住處走。這裡距離岳格提供的公寓很遠，步行得花上兩個小時，但樓夏一點也不介意，他需要靜一靜，就算這麼做無法找到答案也沒關係。

距離午夜十二點還有三十分鐘，樓夏依然在相同的時間出現，這次他們約在一間百貨公司的頂樓會合。

樓夏看著黑夜才發現，「原來今天是新月，心魔會特別難纏啊……」

他壓著胸口努力調整心情。對武神來說月亮是他們沉默的最佳幫手，所有心魔在夜裡都會受到月陰神的監視，無法隨意生長橫行；然而新月代表著這天的月陰神順應時間的安排，將不會有任何力量，因此心魔可以大肆在人界穿梭，也會是武神每個月最忙碌的一天。

岳格一如往常，在出發前五分鐘出現。悠悠哉哉的樣子與樓夏完全不同，一副吃飽喝足還洗過澡的樣子。樓夏看著這個最資深的武神學長，突然覺得好像沒有先前那麼崇拜對方，反而是對於他身上的惡劣人性特別在意。

「出發吧！今天是新月，所有的武神都出門了。專心點，今天的心魔會特別凶。」岳格握緊長刀準備往上飛，開工前不忘對樓夏做慣例的提醒。

「啊，是……」樓夏悶悶地點頭，便隨著他一起躍上天際。

岳格悄悄回頭看樓夏一眼，心想白天發生的事居然讓他這麼沮喪，便不禁悶聲一笑。他並不覺得意外，他見過太多與樓夏相同的後輩，在經歷人性的現實後漸漸對一切感到失望，當然這也包括岳格自己。

「認真點，今天的心魔可是會把武神當大餐的程度，你經歷過這麼多次，應該很清楚吧？」岳格忍不住抬腳踹了樓夏的屁股一腳提醒。

「是。」在他的提醒下，樓夏的精神總算集中了不少，但看著岳格的眼神比起過去仍是多了一層疑慮。

「聽好，今天不用等心魔變成大黑蛇再斬除。我從北方開始，你從南方開始，只要看到成形的黑蛇就動手，不可以留下任何心魔。」

「好。」樓夏低頭看著街道上正逐一成形的心魔。它們有大有小，所有的街道上都是密密麻麻的黑蛇，有的才剛成形像細碎的粉塵，有的已經形態完整，甚至開眼露出了利牙。

滿地都是人們肆意釋放而出的恨意、怒氣、嫉妒甚至是殺意，黑暗的能量相當強悍，甚至像是一陣陣的電流讓樓夏小腿發麻。遠處可以看到許多火光一閃即逝，岳格已經開始進行砍殺的作業。

「我不能再這樣分心了，得快點才行。」樓夏集中精神，抖抖腳甩開纏住他的小黑蛇，將長槍往地上一刺形成一波衝擊，將半徑十公尺內的心魔瞬間消滅得乾乾淨淨。

第一波攻擊很順利，讓樓夏打起了精神開始往前衝，往前揮舞長槍砍殺源源不絕的心魔。

然而四面八方襲來的心魔還是讓他疲於奔命，尤其有些還闖入了路線複雜的老社區，加深了處理的困難度。小巷的光線並不是那麼清楚，樓夏還時常遭到突然衝出來的心魔啃咬，幸虧都是可以即時消滅掉的小型心魔。

「真不愧是新月啊……人類的負面情緒在這天特別強烈，還有小孩的惡夢……」樓夏調整紊亂的喘息，站在停滿房車與機車的小巷弄裡。

抬頭可以看見漫天的灰黑塵埃正緩緩往天空而去，天界正在吸收被消滅成粉塵的心魔，他的眼前灰濛濛的一片，空氣在汙濁與乾淨之間快速轉換。

就在樓夏偷個空檔休息時，他突然覺得腳上有些癢，低頭一看發現尾蚯蚓大小的小黑蛇在他腳踝上攀爬。他下意識試圖用長槍槍尖撥下那尾小黑蛇，卻被右側突然襲來的一股強風吹倒。

「怎麼回事……」樓夏來不及站穩，整個人貼在牆邊，因為撞擊而襲來的疼痛讓他眼前視線有些模糊。

等到他看清引起這陣強風的始作俑者時，已經來不及阻擋——那是一尾與街道同寬的心魔黑蛇，正張開嘴準備吞噬他。

「這傢伙躲在這裡多久了？」樓夏勉強翻滾逃離，但是黑蛇朝他而來的速度極快，眼看尖牙就快刺進自己的身體。

他舉起長槍抵抗，爭取到逃離的機會，等到意識穩定不再那麼暈眩後，才勉強起身往前奔跑，並不時回頭注意那尾黑蛇的動靜。

「看這個規模，絕對不是剛剛才形成的……」樓夏相當狼狽，他無法找到機會飛上天空掌握情況，黑蛇沿路猛朝著他張嘴想吃掉他。

執行武神任務時，凡人看不見武神也看不見黑蛇，但是黑蛇卻能沿路不斷補充人類的負面意念持續壯大。樓夏拐過彎，發現自己跑進了一條死路，只能無助地面向不斷靠近的黑蛇，絕望地往後退。

「不會吧……今天就得掛了……」他閉上眼準備迎接被吞噬的瞬間，卻聽見了利刃砍斷黑蛇的噁心剁肉聲。

眼前是一道熟悉的身影，一頭迎風飄揚的長髮馬尾，因為背著光，樓夏看不見表情，但是能想像對方現在是何等威風凜凜的神情。

「喂！起碼也要用長槍擋啊！我沒教你等死吧？」岳格站在那尾黑蛇的頭頂，長刀直接從蛇頭中央往下刺，顯然剛才的危機已經被他化解。

「學、學長……」樓夏還跌坐在地，驚魂未定地看著他。

「真是的……」岳格見他被徹底嚇壞，但現在眼前最重要的是解決腳下的大黑蛇。他拔起長刀藉由往下跳躍的衝力，一刀將黑蛇的頭砍下，黑蛇奮力掙扎後化為一陣塵埃被天界吸收。

岳格順勢在樓夏的面前落地，確認那尾大黑蛇消失殆盡後才放下長刀。

「這傢伙很會躲，至少藏了一週以上，已經變成有了意識的心魔。」岳格用長刀解決剩下的弱小心魔，總算將今晚的工作全數完成。

「喂！你該回神了吧？」岳格見樓夏還坐在地上一臉茫然的模樣，放聲喊道。

「啊……是，謝謝學長。」樓夏回過神後全身竟忍不住發抖，顯然還沒拋開剛才差點死亡的恐懼。

岳格看穿他仍然驚魂未定，收斂起平時喜歡嘲弄他的習慣，拍拍樓夏的肩膀說道：「我准你明天祕書的工作休假一天，至於晚上武神的任務我想放你假也無法，記得過來就是，回去吧。」岳格收好長刀，重複確認四周已經安全後，再次拍拍樓夏的肩膀準備領著他離開。

「是。」樓夏還是呆滯的狀態，在岳格的催促下緩慢地跟在後頭飛行離開。

岳格沒有與他過多的交談，完成例行的叮嚀後就放樓夏回去住處休息。已經換回日常服裝的樓夏，在關上家門的那一刻突然失去全身的力氣，雙腿發軟往地上坐。

「雖然很可怕，但是……」樓夏雙眼還是寫滿恐懼，但是心裡湧起的卻是另一種讓他感到苦惱的情緒。

他抬起雙手難受地猛揉著臉，試圖讓自己清醒些。然而維持這個姿勢呆滯數秒之後，突然又崩潰似地在地上翻滾了好幾圈，最後大字形躺在客廳的地板上，臉頰紅通通，像是跑過百米競賽似地喘個不停。

「啊、可惡……岳格學長剛才好帥，比起之前的任務都還要帥……」樓夏像個不知所措的孩子，腦中全是剛剛對方出手解救自己的身影。要不是當時理智還在，他可能早就撲上去抱住岳格了。

「可是……可是……不是武神任務時候的學長讓我好討厭，這種感覺好痛苦喔……」樓夏又翻過身將自己縮成一團，不知該怎麼辦才好。

他的心情從沒這麼複雜過。岳格白天談生意錙銖必較的樣子讓他感到厭惡，身為天界武神，就算沒有正式封神，一般來說還是該為了幫助世人而存在，對他來說那樣的岳格是非常失格的。

可是一旦到了夜晚，當岳格換上那身武神裝束後，總是用著精湛的能力、豐富的經驗，帶領他完成砍殺心魔的任務。而且多次被對方解救的記憶，讓他不斷加深對這個男人的崇拜以及仰慕。

「可惡……感覺好像快分裂了！剛才的學長好帥，真的好想抱住他蹭蹭他，可是白天的時候又好討厭……啊……我到底該怎麼辦才好呢？」樓夏又恢復成大字形的躺法，失神地看著天花板的電燈。

他就這樣整晚睡睡醒醒，怎麼樣也無法釐清那樣複雜的情緒，最後好像被攪成了一團漿糊，身心都感到疲倦不已。

隔天晚上岳格被樓夏重重的黑眼圈給嚇到，索性把他當晚的工作量降到最低，只要負責在高處監視就好，全程都由自己處理掉心魔。

新月次日的心魔會特別少，岳格一個人也不會工作過量，加上不需要費心指揮樓夏，比起往常還要早一個小時便收工。

抵達住處等待電梯時，樓夏忍不住一臉歉意地看著岳格，「岳格學長，抱歉……讓你擔心了。」

岳格不曉得樓夏心中的煩惱，只當作他是昨天驚嚇過度還沒平復。本想罵個幾句，但看見他無辜的眼神，一邊反省自己是不是越來越沒有原則，卻還是忍不住心軟說道：「你啊，快回去睡一覺吧！明天可不准請假……如果受不了的話再請假吧。」

「謝謝……」樓夏抬頭盯著岳格的雙眼，終於壓抑不住，張開雙手抱住對方。

開。

「咦？你這小子在幹嘛……」岳格沒料到對方會有這個舉動，急忙要將他推

「抱、抱歉，我忍不住……」樓夏依然像個小孩，惶惶不安地看著他，眼裡竟然泛起淚光。

「你是三歲小孩啊？快點調適好心情，這種狀況以後還是免不了的。」

此時電梯正好門開了，已經抵達樓夏所住的樓層。岳格馬上推了推他的肩膀催促著：「好啦！快去休息。」

直到電梯門再度關上，岳格頗為無奈地搖頭嘆息。他揉著自己的肩膀，又習慣性捏捏左耳耳環感嘆著：「我是不是人太好啦？話說那小子也被嚇得太厲害了，居然跟我討抱抱？」

岳格並沒有將樓夏奇怪的舉動放在心上，倒是被趕回住處休息的樓夏，正靠著牆看著自己的雙手，滿腦子都是剛剛終於鼓起勇氣擁抱前輩的觸感。

「岳格學長抱起來有點舒服……身上還有點香水味，好像森林的那種味道……」樓夏覺得自己好像走火入魔了，直到入睡前都還在回味那個擁抱。

休息了一天的樓夏，早上復工後的狀態相當不錯，但是面對白天商人模樣的岳格，還是讓他的討厭程度稍微上升了一點。

「岳格學長，杯子蛋糕跟黑咖啡。」樓夏一上車就送上今天的早餐。今天的行程是要去北部合作的店家，據說接下來會有一連串關於年節特賣的活動，所以相當忙碌。

「喔？看來精神好很多了。」岳格嚼著杯子蛋糕，瞇起細長的丹鳳眼，露出一副審視的眼神。

「是的，讓你擔心了。」樓夏的臉色相當好，當湊近對方時又聞到那股像森林一樣的香水味，心跳突然加快了一些。

「沒事就好，今天會很忙，你要振作點。」岳格喝著咖啡，看他已經沒事也就不怎麼在意，儘管樓夏臉紅不知所措的樣子實在有點奇怪。

今天的行程很順利，但樓夏還是對於岳格買賣時的狡詐嘴臉不怎麼開心。此刻樓夏幫忙拿著剛簽好的合約，站在路口等著行人號誌轉為綠燈。

他邊走邊將合約收進公事包裡，這時原本與他並肩的岳格卻突然往前跑。他抬頭就看見岳格正協助一個推著裝滿回收物推車的老人家過馬路，他一手幫忙推推車把手，一手往馬路的方向舉起做出保護的動作。

欅夏的腳步不禁放慢了下來。做出這種舉動的岳格，再度與每晚砍殺心魔的帥氣姿態重疊，他明白這位傳說中的資深武神，說到底還是個願意幫助凡人的良善之人。但是岳格種種重視商業利益的人類思維，又一直讓欅夏感到不適應，目睹這一刻的他心情又更複雜了。

「喂，你快一點啊！快變紅燈了。」已經在馬路另一端的岳格向回收的老人家揮手道別，看見站在斑馬線中央發呆的欅夏不禁大吼。

「啊，好。」欅夏馬上回神，抬腳快速奔向他。

岳格見欅夏與自己並肩後，用責備的眼神瞪了他一眼，兩人並肩走一段才開口說：「你還沒回過神嗎？快點調適好狀態。居然站在大馬路中間發呆，對武神工作厭倦也不是這種方式。武神雖然是神職，但我們跟那些封神的傢伙不同，有著會死的肉體。」

岳格覺得他還是不在狀況內，又嘮嘮叨叨了許久。距離接送的車子還有段距離，欅夏看著他一臉茫然地說：「可是學長早就可以封神了，不是嗎？你為什麼不想離開人界呢？」

岳格又瞪了他一眼才說：「我不是說過了，我就喜歡人界的美好，可以賺錢、可以過自己想過的生活。封神可是要服務人群，我沒那種大愛，而且天界也沒強制一定要申請封神，我只想爽爽過日子。」

「可是，學長有些時候給我的感覺並不是這樣……」欔夏想著剛才岳格幫助他人的樣子，又想起他夜裡專業執行任務的姿態，喃喃地說，「我覺得白天的你，不是真正的你……那只是你生存的手段。」

「別擅自替我的行為找藉口，我就是想爽爽過，晚上的工作有達到規定業績就好，我沒你想的那麼美好。」岳格心想著這傢伙又來了，也就不厭其煩地試圖打碎欔夏對他的美好幻想。

「不！我就是覺得這些只是學長的掩飾而已。」

欔夏停下腳步，目光堅定地抬頭看著岳格。他在豔陽底下直視著岳格的雙眼，像是想看穿對方似地。

「什麼啊？又來了。」岳格轉過頭迴避他的注視，還要防止這傢伙說話太大聲引來注目。

「沒有，我只是……想跟岳格學長坦白一些事情……」整理了兩天的思緒，樓夏終於在這時有了答案。

「喔？你終於想申請調職了嗎？」岳格勾起笑容，心裡真的這麼期待。

「不，我會一直待在學長身邊，我會努力適應你在白天的生存方式。雖然我很矛盾，一直分不清你到底是好人還是壞人，但是在剛才那一瞬間，我突然覺得這些都不用煩惱，要待在人界有很多種生存方式。再說一次，我超級討厭你那種感覺很愛錢跟利益的手段，但是晚上的你真的很帥，帥到讓我腿軟。」

就在樓夏說到腿軟那段時，剛好有一對情侶路過，帶著懷疑的目光看了兩人一眼。

岳格忍不住上前，用氣音說道：「給我小聲點，想招來什麼誤會嗎？你不要面子我還要。」

「沒有，我只是想說清楚我的想法。」樓夏根本不理會他人。

「你到底想說什麼？」

「岳格學長，我超級喜歡你的。」樓夏認真地說道。

岳格有那麼幾秒腦袋一片空白，不知如何回應。

「我喜歡你，喜歡到想一直跟在你身邊的那種程度。就算你怎麼趕我也不會離開，但是我喜歡的是武神時候的你，商人時候的你……我會努力讓自己習慣……」

岳格皺著眉直盯著他，許久之後才說：「你是不是在前天那場危機，嚇到腦子都變傻了？」

「才沒有。岳格學長，我是認真的。」

「咦？」

「我、喜歡、你！超級、超級喜歡你！」

樓夏的告白彷彿不用錢似地說個不停。

岳格則仍然不知該如何回應，就這樣呆呆地看著他。

第三章

那天之後岳格覺得很是困擾，因為樓夏的告白不是說說而已。

他當下只伸手彈了對方的額頭，不耐煩地轉身就走。樓夏卻在這個慎重的預告之後，徹底成了個失控的孩子。

他沒記錯的話，當時樓夏的回答居然是：「我會努力學習表達對你的喜歡。」

當時岳格不想理解這句話的意思，他直覺認為那是很恐怖的東西。

他們每天晚上都在固定的時間會合，以往只是單純的碰面，樓夏卻開始不停變換花樣，他實在很想知道這小子從哪學來送花這一招。

今天也是如此，距離武神任務開工還有十分鐘，樓夏的頭髮明顯梳理成與他外貌完全不符的三七分油頭，武神裝束甚至還有熨燙過，整個人整齊乾淨地站在岳格面前，滿心歡喜從背後拿出一束包裝精緻的花束。

岳格定神一看，花束裡頭有五朵玫瑰，樓夏用著雙手奉上的真誠姿勢想送給他。

「你在幹嘛？」岳格握緊刀柄，還沒開工卻已經想讓刀子出鞘了。

「示愛。」樓夏見他沒有收下的意思，又把花束遞得更前面，花朵都貼在岳格的鼻子前了。

「啥？你到底在想什麼？」岳格看著那束花的眼神非常嫌惡。

「我查了一下人界如何表示愛意，送花是一種方式。」樓夏見他僵著身子不為所動，便凝重地收回花束，站直身軀說道，「看來學長不喜歡這個方式，我明天換一個。」

岳格不想回應他的任何發言，就這樣看著樓夏落寞地把那束花放在地上。

「你亂丟垃圾，雖然武神沒規定不能這樣。」岳格冷冷地提醒。

「我收工後會來收回，學長不用擔心。」樓夏把花束藏得很好，眼神慎重地望著岳格，抱著一絲希望又問，「岳格學長，還是你回心轉意想收下？」

「我不想。」

「好吧……」樓夏有些失望。

岳格瞪了他一眼又補了一句，「以後進行武神任務時不准做這些事。」

「咦……這樣我怎麼跟你示愛？」樓夏皺起眉困擾的模樣，一再地告訴岳格這傢伙是認真的。

「不需要！我也不想要。」岳格看了看時間，抬腳踹了樓夏的屁股，拔出長刀就位。他看著一手摀著屁股忍耐疼痛的樓夏，有很多話想罵出口，但工作必須準時，只能全吞回肚子裡，連招呼都不打就直接飛上天開始砍殺心魔。

欅夏跟在後頭，憑藉著數個月來養成的默契，他已經能從岳格的動作判斷今天採取什麼戰略。

岳格飛進街道，動作輕巧地落地後，舉起長刀向前衝去，瞬間解決掉不少才剛成形的小型黑蛇，欅夏則在後頭處理漏網之魚。看來今天都是這種惡夢產生的低階心魔，不會出現吞噬的現象。

岳格回頭看了欅夏一眼，發現這小子在沒有任何指示的狀況下，已經完美收拾善後，這反而讓他感到一絲不爽。

「嘖，找不到機會刁難這傢伙……」岳格相當不甘心，將惡劣的情緒全發洩在這些沒有自主意識的黑蛇身上。

欅夏沒聽見岳格的抱怨，確認街道清乾淨後，不由得露出崇拜的目光看著前輩處理掉心魔的帥氣身影。

「今天岳格學長下手有點狠，有些還只是模糊的怨念也照殺不誤，不知道遇到了什麼事呢……」欅夏就這樣跟隨在後頭困惑地想著，直到兩個小時後，他們負責的區域乾淨得閃閃發光為止，今晚甚至還提早收工了。

「岳格學長今天進度真快，而且好難得，整個街道好乾淨。」樓夏看著一塵不染的街景，有股衝動想拿起手機記錄，可惜人界的手機只能拍到普通的風景，無法呈現他們眼中所看見的事物。

「是啊，託你的福。」岳格咬咬牙，將長刀收好之後心裡仍然感到不甘心，順勢整理了一下因為勞動而散亂糾結的紅色髮尾。

「是，因為岳格學長的關係，才能這麼順利。」樓夏非常真誠地點頭給予肯定，這個舉動讓岳格更加生氣。

「是啊！氣死我了。」岳格惱怒地喊道，因為無法刁難樓夏感到一絲不甘心。

「呃……岳格學長，我是不是有什麼地方沒做好？」樓夏隱約意識到岳格是因為自己而生氣，便小心翼翼探問。

「沒有，你做得完美極了！繼續保持。今天在這邊收工，就地解散吧！」岳格覺得再待下去會對這傢伙說出一些不該說的話，交代完後轉身就跑。

樓夏很乖沒有跟上，卻在兩人距離數公尺遠的時候，深深一鞠躬喊著：「岳格學長，晚上的你真的很帥！我愛死你了。」

岳格一聽突然覺得一陣暈眩，氣得回頭喊道：「閉嘴！我不想聽！」

遠。

喊完之後他突然覺得快窒息了，單腳一蹬往上飛，心想著能離樓夏多遠就多遠。

還站在原地的樓夏看著岳格逐漸飛遠的身影，嘆著氣說道：「學長害羞了吧？」

岳格這幾天身心疲憊，於是又回到最初的壞習慣——找樓夏麻煩。

白天的樓夏是個乖巧順從的代理祕書，偶爾會對於岳格的交易過程表現出些許怨言，但做事負責任，就算出點小錯也是可以包容的程度。

到了晚上樓夏就變成一個煩人的示愛魔人，又是送花、又是甜言蜜語無處不誇讚著岳格。就算岳格想在白天挑點錯打擊樓夏，這孩子卻似乎早就好充分的心理準備，毫無一絲動搖。

岳格苦惱極了，加上長久相處下來，他不得不承認樓夏是大器晚成的類型，一旦上手之後就會做得可圈可點，是顆值得琢磨的原石。

夜深人靜、結束工作獨自躺在床上休息的時候，岳格總是掙扎著到底要不要狠下心整這孩子。然而只要一看到那雙真誠又充滿愛意的眼神，他就會心軟，軟到讓他暗暗咒罵自己很沒用，說好的遊戲人間、當個快活不想升官的武神呢？

他的美好生活真的被這個每天熱情得讓人煩躁的孩子嚴重干擾。

「櫻夏小朋友啊……要不你就自己申請換別人指導吧……」岳格一閉上眼就會想起這幾日晚上相處的情形。

對他來說簡直是場惡夢，而且一旦產生惡夢，天亮之前床邊全都是負面意念化成的低階心魔小黑蛇。

「真麻煩，連睡個覺都不安穩，我的防身短刀呢？」岳格看著滿床比蚯蚓還小的黑蛇，連忙從衣櫃裡找出一把綁著黑繩、刀柄刻有符令的短刀回到床上。

武神雖然是天界職，但大半是凡人生靈加上血肉之軀，因此也會產生負面意念。與普通人不同的地方就是能即時處理，確保不受心魔影響，當然相較於凡人，武神並沒那麼容易產生心魔，今天一早遭遇的情況只能說是異常。

「我的天，我已經多久沒這樣了？堂堂最資深的武神居然做惡夢？」岳格還穿著睡衣披頭散髮，在清晨五點半拿著一把短刀，從床上撥掉那些交纏蠕動的小黑蛇。

他清除的速度很快，十分鐘之後床上就乾乾淨淨。他還想睡個回籠覺，就把短刀往一旁小矮櫃隨手一放，捲進被子裡閉眼休息。沒想到才剛閉眼，又開始做著亂七八糟的夢。

夢裡他正踩著樓梯走往一棟大樓的高處，心裡想著還有五分鐘，時間還很充裕。總算踏上樓頂時，卻看見樓夏一身白西裝、手裡捧著一束鮮紅玫瑰花。因為不符合出任務必須穿武神裝束的規定，他一股怒氣湧了上來，氣沖沖地衝到樓夏面前，因為對方的體格與身型都比自己瘦小，輕鬆便抓住樓夏的衣領往上提。

「你這傢伙，到底要鬧到什麼時候？」岳格實在太生氣，尤其看到樓夏對他露出愉快的笑容，還將那束紅玫瑰送到他面前，完全不怕他。

「說話啊！別只是笑！」岳格被徹底激怒，不但打掉他手上那束花，還伸手掐住他的臉頰，將樓夏的臉捏成一團。

「你這混蛋，到底想做什麼？」岳格質問許多問題，然而樓夏依然只是笑個不停。樓夏手上的玫瑰花束像是源源不絕的魔法，被岳格打落後又會再長出來，然後再次充滿誠意遞送到岳格面前，期望他能收下。

「你別顧著笑，還有快把這束花拿開。」岳格被惹得非常煩躁，一再地打落樓夏手上的花束，鮮紅的花瓣在四周飛揚，有些花瓣甚至落在他的身上、頭髮上，還有幾瓣直接貼在左耳耳環邊。

他煩躁地撥開這些花瓣，但是花朵不斷地冒出又被打散。岳格心想著距離上工的時間越來越逼近，動作就越來越粗魯，樓夏就這樣被扯著衣領往上抬，他不斷咒罵卻看見對方只是笑著。

「你這傢伙真的很會找麻煩！傻了嗎？怎麼一直笑？快換回武神的衣服，快把花丟掉，快點恢復正常！你快把我逼瘋了。」

他的怒罵依然無法動搖樓夏，時間就這樣一分一秒度過，他甚至感到手痠痛不已，最後只能無力地放開樓夏。對方依舊掛著笑容，手上的玫瑰花束越來越大把。

重獲自由的樓夏整理好被扯亂的衣領，捧著那束已經增生成九十九朵紅玫瑰的花束，在岳格面前單膝下跪。

岳格眼睜睜地看著這一幕，感到呼吸困難甚至頭暈目眩。

「你這個白痴！到底想做什麼？」岳格用盡全力吼著，甚至可以感覺到全身散發著一股怨氣。

他一邊想著這樣會引起負面意念形成心魔，卻怎麼也控制不了自己，眼睜睜看著腳下的負面意念凝聚成黑蛇狀的心魔，樓夏就跪在這成群成堆的小黑蛇之中。

「岳格學長。」樓夏終於開口。

「你到底……」

「我好喜歡你，我們結婚好不好？」

「我……你……你有病啊！」岳格驚慌失措地大喊，看著樓夏的笑臉越來越模糊。一陣混亂與撞擊後，才從這場惡夢中清醒。

「太……可怕了。」岳格全身冒著冷汗，坐在床上喘個不停。

眼見滑過腳踝的黑蛇，他反射動作抓起短刀，往黑蛇頭部一刀砍斷。仔細一看才注意到整個床上至少有著二十幾尾小黑蛇，他湧起一股惱火，抓緊短刀將那些小黑蛇全部處理掉，鋪著深藍色床單的床也就因此充滿刀痕。

「真是的，得換張床了。」岳格下床後，看著被自己捅得亂七八糟的床鋪，無奈地搖搖頭。

時鐘顯示上午九點，他心想幸好今天是週六放假，至少可以在白天徹底休息、調整心情。他慶幸著時間的巧妙安排，一邊在浴室刷牙，一邊拿著髮圈將散亂的長髮束起。

「幸好晚上才需要跟那傢伙見面，否則我現在可能會揍他一拳……」岳格刷完牙正悠哉地刮鬍子，卻聽見外頭傳來鮮少聽見的電鈴響聲，瞬間湧起不好的預感。

他很想裝作沒聽見，但放在洗手臺旁的手機響了起來，來電顯示著檇夏的名字以及大頭貼，門外的電鈴聲則有節奏地「鈴、鈴鈴、鈴鈴鈴、鈴鈴——」跟著響。

「那個傢伙到底又想幹嘛！」岳格放下刮鬍刀，抹掉臉上的泡沫，不顧還穿著寬鬆睡衣，直接開了大門準備罵人。

「你這傢伙！」岳格一開門果然看見穿著連帽上衣、寬鬆牛仔褲，端著上面擺著一份精緻早餐的托盤，滿心期待的檇夏。他顯然因為剛起床的關係，頭髮亂翹得像個孩子。

「岳格學長，早安！我做了早餐想給你吃。」

岳格看著那份早餐，又看著檇夏示好的笑臉，想起剛才不舒服的惡夢，眼神頓時變得凶惡，「今天假日，我白天不想看到你。」

「我只是來送早餐，立刻就會離開。」樓夏不死心地想將拖盤送到他手中，兩人就這樣一來一往，直到有個綁著小馬尾、滿臉鬍渣，打扮相當招搖的中年男子出現在他們面前。

「岳格，你在做什麼啊？」小馬尾鬍渣男吹了聲口哨笑著問。

「成因？你這時候來我家幹嘛？」岳格因為那人突然出現，戒備鬆懈了下來。

樓夏趁機端著早餐溜進屋內，「岳格學長，我幫你擺好早餐，弄好就走！」岳格擋不住他，憤恨地瞪著男人說：「你真不會挑時間。」

被岳格稱為成因的男人，看著樓夏在餐桌前忙碌的身影，帶著戲謔的笑容說道：「那個孩子就是不知道哪根筋錯亂，申請讓你指導的菜鳥武神？」

成因擅自進屋，一副當自己家裡的姿態，站在門口看著樓夏細心地擺好早餐。

「唷，他對你這麼好？怎麼我旗下的學弟都沒這麼乖？除了晚上見面以外，白天根本不想跟我有交集。」成因的笑意擺明就是想看好戲，讓與他並肩站著的岳格感到相當不舒服。

「我反而想要你們那種相處模式，這傢伙太黏、太熱情，我應付得很辛苦。」

「是嗎？我覺得挺有趣的。」成因輕笑幾聲。

這時樓夏已經擺盤好，招呼著岳格享用早餐，「學長，我弄好了！你快來吃吧，等你吃完我就離開。」

「等等，你剛剛不是這樣說，你說擺完就會走。」岳格被成因推著後背，促使他不得不上前面對現實。

「是嗎？」樓夏擺明就是在裝傻，微笑著等他入座。

「你這個新來的武神原來這麼有趣啊？」成因跟著岳格一起坐下，打量著站在面前的樓夏。

「你是？」樓夏隨即起了戒心。能知道他是武神的身分，表示這個男人必定有些來頭，就算他與岳格並肩而坐、一副熟識的樣子。

「我叫成因，負責別區的武神。順帶一提，我是繼岳格之後，在人界待第二久的武神。」成因很爽快地自我介紹完，看著岳格面前的早餐忍不住說，「我指導的學弟要是也能像你這麼優秀就好了，還有早餐吃，我都沒這種福利。」

「你少說點話行嗎？」岳格打斷成因，想讓樓夏快點離開。他煩心的事情已經夠多，實在不想再增添這筆。

「原來也是武神學長。成因學長，你好。」基於輩分觀念嚴謹，樓夏慎重地向成因彎身行禮。

「真有禮貌啊！我想不透你為何前幾天還跟我提，希望他能申請調職。我偷看了一下你們這半年來的成績，不但非常優秀，還是默契最好的一組，如果真要拆伙實在太可惜了。」成因感嘆了幾聲，卻換來岳格不悅的眼神。

「你可以閉嘴嗎？」岳格試圖讓他安靜，戳了塊小熱狗塞進成因嘴裡。

「岳格學長，你到現在還是希望我能調職嗎？」樓夏眼神呆滯，備受打擊的語氣讓岳格感到心虛。

「吵死了！你到底是相信我還是相信他？好啦，我跟成因有重要的事要談，你先離開。早餐吃完後會把餐盤洗乾淨還你，快走。」岳格揮揮手希望他快點離開，樓夏卻站在原地不為所動，一副快哭出來的樣子。

岳格不用深思也知道樓夏現在是什麼情況，為了不讓事情變得更麻煩，揮揮手要他快離開，甚至乾脆搬出身分來壓人。

「還不快走？你要反抗學長嗎？」岳格敲敲桌子，不怎麼開心地提醒。

「是，我冒犯了……岳格學長、成因學長，非常抱歉……我這就離開。」樓夏垂下肩膀，沮喪地轉身離開。

岳格盯著他關門的身影忍不住揉揉眼睛，一度懷疑好似看到樓夏的屁股有根狗尾巴，正萎靡地下垂。

直到樓夏關上門之後，岳格這才鬆了口氣，一臉埋怨地看著成因說道：「你是故意的吧？挑撥離間做什麼呢？」

「我只是覺得沒見過這麼有趣的小朋友，不玩一下心很癢。」成因唯恐天下不亂的反應讓岳格很頭痛，成因見他莫可奈何的反應，笑容更大了。

「我最近才因為他很心煩，你就別鬧了吧。」岳格拿起烤土司慢慢咬著。

「喔？因為他對你示愛，讓你覺得困擾嗎？」成因擅自拿起柳橙汁喝下，笑咪咪地問道。

「有嗎？你看錯了吧？」岳格回應得輕巧，但臉色卻非常凝重。

全看在眼裡的成因忍不住笑出聲，「我們那個名聲最爛、最資深的武神居然有人愛，這種事我真想去跟那些同樣不想升官的伙伴大肆宣傳。」

成因一副想把事情鬧大的反應，果然招來岳格的狠瞪。

「你安分點，我已經被那小子搞得很煩躁，你不要再增加我的困擾了。」岳格吃掉最後一口早餐，看著淨空的盤子不禁想著——早餐很好吃，但是做早餐的人實在讓他感到不知該如何是好。

「我記得你一開始說過，要整到這傢伙自請轉調，結果我看他好像沒有想離開的意思，甚至越來越黏人，你說該怎麼辦？」

「我怎麼曉得？每天光是想著要怎麼應付他就頭痛得要命，甚至因為他做惡夢。我當武神數百年來有多久沒做惡夢了，居然為了這傢伙……」岳格搖搖頭無奈地說，「要是傳出去多丟臉，指導學弟心煩到做惡夢……」

「你這個模樣真難得，我可以拍照做紀念嗎？」成因說話的同時已經抓起手機，卻被岳格一把奪過沒收。

「你來找我到底要做什麼？」岳格將手機擱在遠處，沒好氣地問道。

「無聊的老武神休假沒地方去，想說來你這裡走走。搞不好你我會是一起住養老院的伙伴，總要關心一下。」成因伸手想拿回手機，沒想到手機被岳格推得更遠。

「我一定會挑間讓你找不到的養老院待著。」岳格想也不想就直接拒絕，但是多虧成因口無遮攔的揶揄，讓他心情輕鬆了一些。

「那個樓夏弟弟，剛才離開的時候，看著你的眼神可是充滿了熱愛與崇拜。不過……我記得你特別不喜歡這種性格的人，要不幫你想點辦法？」

「你能有什麼辦法？你的建議總是特別爛，能信嗎？」岳格對他投以鄙視的眼光，停頓幾秒後卻又說道，「有什麼辦法說來聽聽，讓我參考。」

「需要我就說嘛！」成因見岳格口是心非的反應不禁大笑出聲，伸手攬住他的肩膀，用著極其性感的低音說道，「對樓夏做你平常不會做的事，特別是要針對他，讓他受不了對你幻滅，不得不哭著求你放過他。」

「唔……」岳格聽完後對著成因瞇起眼，不得不承認對方的提議似乎可行性很高，「如果成功我就請你大吃一頓。」

成因露出期待的笑容，不停點頭說道：「期待你的好消息。」

當天晚上，樓夏不開心地前往會合地點，準備執行夜間砍殺心魔的任務。他蹲在高樓邊緣望著底下的夜景，滿腦子都是白天那個叫成因的武神說過的話。

「岳格學長真的這麼討厭我啊……」樓夏很沮喪，但是又不斷地提醒自己要做得更好，說不定就能讓岳格對他改觀。

就在這時，岳格不知何時出現在他身後說道：「你都這麼早來？」

樓夏一聽到岳格的聲音，想重振心情打算帶著親切的笑容站起身，卻被一杯送到眼前的熱咖啡嚇得停止思考。

「做、做什麼？」

「請你喝咖啡。」岳格將黑咖啡硬塞到樓夏手裡，自己手上也拿了一杯慢慢啜飲著。

「為、為什麼突然請我？」樓夏拿過咖啡，受寵若驚又帶著一點不安望向岳格。

「回報。你這幾天對我這麼好，沒道理不回報點什麼。」岳格彎起嘴角，露出前所未有的親切笑容。

樓夏不禁猛然後退，直至踩到高樓邊緣才回神看了一眼，差點因為受到驚嚇而摔死。

「岳格學長……為什麼突然……」樓夏覺得很是可怕，眼前這張與岳格完全不搭調的親切笑容，讓他想起白天遇到的成因。雖然成因也是學長，但是他對那個人實在沒有好感。

「沒什麼，就是覺得該對你好一點。」岳格露出皮笑肉不笑的表情，還向前給樓夏一個擁抱，力道之大讓樓夏瞬間喘不過氣。

「岳格學長……好怪……」樓夏痛苦地發出氣音，對於近距離岳格的笑臉，甚至不安地感到全身發毛。

「怎麼說我怪？我可是想回報你。」岳格依舊抱著樓夏，甚至還輕拍起他的背。

樓夏終於受不了這些過於奇怪的舉動，一把掙脫開後說：「難不成你是成因學長？你假冒岳格學長是嗎？」

岳格有那麼一瞬間露出鄙夷的神情，但是情緒來得快去得也快，立刻又用那虛假的笑容掩飾。

「武神不會易容術。」岳格一度恢復了往常的冷淡聲調，但想起成因說的作戰內容，立刻換回讓樓夏非常不適應的笑容輕聲說，「我是如假包換的岳格。時間要到了，得快點開工了。」

「啊、是……」樓夏在岳格的催促下，重振精神拿起自己的長槍。

岳格則握緊長刀，轉身以圍牆借力使勁跳上天空，樓夏馬上緊跟在後頭。

這一夜的任務依然在他們默契的合作下完成了。如果在過去，樓夏總免不了在收工前被岳格揶揄個幾句，才會甘心放過他，但今天實在太反常了。

岳格居然站在無人的街道中央，捧著樓夏的臉一副讚賞的樣子說道：「你今天表現得真好，越來越進步了。」

不曾被誇獎過的樓夏嚇得全身發顫退開，摸著自己的臉說道：「岳格學長，你是不是哪裡不舒服？」

「我身強體健、容光煥發，狀況好得很。」岳格瞬間露出不悅的神情糾正，看著樓夏不安的神情，心想成因的計畫還真是成果顯著，又換上自認親切的笑臉說道，「謝謝你的關心，我沒事。」

「可是……學長你這樣好奇怪，還是你太累了？我們快點回去休息吧。」樓夏實在被他異常親切的態度嚇壞了。岳格心裡越來越得意，決定乘勝追擊一步向前勾住樓夏的肩膀。

「你真關心我，我的好學弟。」岳格還拍拍他的肩膀感嘆著。

樓夏依然驚恐地看著他，「岳格學長，你快點回去睡個覺吧……你這樣真的……讓我很害怕。」

「別害怕，我可是下定決心要對你好一點，你這麼乖、這麼優秀，百年一遇啊！」

樓夏終於受不了岳格的稱讚，掙脫他的勾肩搭背，趺趺撞撞地跑遠並行了個大禮，「岳格學長，我有事先回去了，你也早點休息吧。」

樓夏說完後便慌慌張張地轉身騰空飛起，就這樣拋下岳格。

直到看不到樓夏飛遠的身影後，岳格悠哉地抓起長髮髮尾，把玩似地在手指上纏繞著，不禁勾起一抹得逞的邪惡笑意低語，「看來明天開始這傢伙就會想遠離我了，不枉費演了一整晚的戲。」

岳格將長刀緩緩收進自己腰間的刀鞘，拍了拍身上的灰塵，一副如釋重負地離去。要不是得顧及形象，他此刻可能還會開心地小跳步起來。

至於幾乎逃命似地回到家的樓夏，已經換下武神裝束。他的情緒還相當恍惚，腦中全是剛才岳格過於古怪的親切態度。

「感覺有點可怕……」樓夏站在客廳，滿腦子都是岳格稱讚他的笑容。他覺得快被搞得無法負荷，居然雙腿一軟跪在地上，呼吸變得相當急促。

「其實岳格學長笑起來挺好看的，剛剛差點就喊出好帥……不過為什麼他今天這麼奇怪，對我這麼好？是我之前的努力，終於有回報了嗎？」

欆夏甚至覺得在做夢，還伸手捏捏自己的臉頰，真的感覺到一股鈍痛才收手。急促的呼吸漸漸平穩下來，最後筋疲力竭地翻過身大字形躺在地上。

欆夏已經數不清是第幾次躺在這個地方，但是他相當喜歡這個動作，好像這麼做可以讓全身放鬆，好好思考所有事情。

「我剛剛真的太慌張了……居然沒有好好珍惜岳格學長對我的好。搞不好他真的是發燒精神錯亂才會這麼反常，萬一明天又恢復正常的話，我一定會很後悔。」欆夏閉上雙眼，一臉陶醉地回味剛才的種種，最後痴傻地翻過身抱著自己的身軀傻笑起來。

岳格則晚了欆夏三十分鐘才回到住處。他輕鬆自在地換上舒適的衣服、解開束在後腦杓的髮圈，呈現不需顧忌形象的悠閒狀態。他從廚房找出一瓶年份不錯的紅酒，彷彿在開慶功宴似地替自己倒了一杯細細品嘗。

「一想到那小子嚇壞的表情，真的全身通體舒暢。」岳格聞著紅酒的香氣，又喝了一口，「早知道就這麼辦，害我做了好幾天的惡夢，幸好有成因指點。」

岳格又喝下一杯紅酒，一邊哼著歌期待希望的結果到來。

然而隔天週日夜裡的武神任務，當岳格一看見樓夏充滿期待、閃閃發光的眼神，種種跡象都告訴他一切事與願違。

「晚安，岳格學長。」樓夏朝他鞠躬後，奉上一杯他喜歡喝的無糖美式咖啡。

「你……晚安。」岳格接過咖啡，表情相當失望。

「這杯咖啡是回敬昨晚的禮物，謝謝你。」

岳格表情僵硬，眼見樓夏絲毫沒有被擊退的樣子，完全沒有興致拿出昨天的笑臉與輕鬆的態度。

「是喔?你今天還真有活力。」岳格以不喝白不喝的心態，啜飲了幾口。

「是的！昨天是我反應過度，學長這麼親切的態度讓我很開心。我之後會更努力的，保證不會讓你失望。」樓夏注視他的眼神比過去都還要更加迷戀，這讓岳格的表情更複雜了。

「你真的是……」岳格被他搞得都不知道該怎麼用言語表達，又恢復了往常咬牙切齒的反應。

「呃……岳格學長，別生氣……我、我做錯什麼了嗎？」樓夏隨即感受到他的不悅，連忙出聲安撫。

「你，我說你……」岳格見他親切又小心應對的模樣反而更惱火，一把伸手扯住少年的衣領。

這個舉動太過突然，讓樓夏一臉茫然，那雙無辜純真的雙眼眨個不停。

「岳格學長，怎、怎麼了？」樓夏慌張地握著被扯住的衣領，連呼吸都感到痛苦。

「你到底有什麼問題？為什麼不會覺得奇怪？為什麼不會被嚇跑啊？凶你沒用，反常的對你好一點嚇嚇你也沒用，你的腦子到底是用什麼做的？你不是說看不慣我白天工作的態度嗎？告訴你，我就是個骯髒的商人，用了很多不光彩的手法談生意。我絕對沒有你眼中的那麼美好，就是個想剛好及格、在人界爽爽過日子的爛武神，你為什麼就不死心去找品德更好的？我被你搞得心很亂，你是不是有病啊？為什麼就是不想離開啊？」

岳格用著前所未有的憤怒語氣滔滔不絕，吼得樓夏耳朵嗡嗡作響。

「你真的有病！你這傢伙把我的生活搞得一團亂，你不想走我倒是希望你能趕快滾！」岳格吼完大概也累了，鬆開手之後氣喘呼呼地瞪著樓夏。

看著櫻夏被他轟炸過後茫然又震驚的反應，岳格暗暗心想都攤牌得這麼清楚，這傢伙總該要放棄了吧？

櫻夏就這樣看著岳格，眼裡有著滿滿的委屈。理智尚存的岳格確信，接下來一定能聽到想要的答案。

「我不想走……」櫻夏悶悶地說道。

「啥？」岳格一臉錯愕，不敢置信已經做到這種程度，居然還罵不跑這傢伙？

「我之前就說過，我知道岳格學長白天做生意的手段沒有很乾淨。反正我已經為了你降低標準，只要沒有把凡人至於死地、沒有讓他們過得水深火熱，你頂多就是占了他們一點便宜，我並不覺得可惡。我不曉得你為什麼喜歡留在人界，也想試著去理解，人界的確有許多有趣跟美好的事物，我漸漸能理解你為何這麼迷戀。最重要的是，我一點也不討厭岳格學長。你常說自己很壞，但是對大家還是很好……如果你真的很壞，就不會在那天出手幫助老人家過馬路。我看不到你壞的那一面，只有覺得稍微有那麼一點點狡猾而已……」

櫻夏越說越委屈，但是言談中卻充滿了對岳格的誇獎。

「你真的是……你說的這些連我都不好意思聽了，可以麻煩你拿掉濾鏡嗎？」岳格打了個冷顫，越來越覺得這個天真到只會直線往前衝的傢伙，實在太可怕了。

「我不要，而且我絕對不會走！」樓夏不但沒有被罵跑，態度甚至比過去還要更堅定了。

「你這樣只會讓我越來越討厭你！」岳格往後退一步，招數盡出的他已經不知怎麼應付樓夏了。

「我真的很喜歡你！」樓夏忍不住也吼了回去，這下換岳格愣住了。

樓夏吸了吸鼻子，眼眶泛紅，努力忍著別讓眼淚掉下來，整理好情緒後才接著說：「我最近才釐清，對你的喜歡不只是崇拜，是很愛你也很想被你愛的那種喜歡。可是、可是我知道你不可能接受，所以只要能待在你身旁接受指導就好，如果我之前的行為讓你感到噁心，真的很抱歉。以後我會盡量不造成你的困擾……我會收斂我的喜歡……只要你別再說要我申請調職，還有……請別討厭我。」

樓夏的聲音最後幾乎是嘶啞的狀態，岳格則愣在原地無法回應。兩人就這樣僵持了好一段時間，最後仍然是樓夏出言打破僵局。

「岳格學長，明天起我會收斂一點，我真的很怕你討厭我……我寧願你對我沒感覺，也不想要被你討厭。」樓夏像是失戀一樣看了岳格一眼，忘記還有任務在身，隨即轉身離去。

還愣在原地的岳格許久之後才回過神來，困擾地搔搔頭低語：「怪了……怎麼感覺有點對不起他，我說得太狠了嗎？」

然而，此時沒有人可以為他解答。

第四章

那天之後，已經又過了五天。樓夏就如那晚宣言所說，總是與岳格保持五步的距離。

岳格偶爾會回頭看一眼，樓夏始終垂著眼不與他四目相接。不只行動上保持距離，彷彿連內心也刻意與他疏遠，遠得讓岳格覺得才短短幾天的時間，卻突然不認識這個孩子了。

白天在貿易公司的時候，所有人都看得出來樓夏不太對勁，尤其那像被遺棄一樣的可憐雙眼，就連偶爾上門的成因都看得出來。

成因看著進來替自己送上一杯熱茶，又安靜離開的樓夏，直到門關上，他才俯身向坐在對面的岳格問：「你霸凌他？」

「哪有？」正在研究新一份買賣契約的岳格，一臉困惑地望向他。

「雖說我之前提供了一些方法，讓你能趕走樓夏，不過我可沒說要傷害他吧？」成因端起茶杯啜飲幾口，看著岳格的眼神頗有責備的意思。

「我只是跟他說了些話……」岳格無意識地撫摸左耳耳環，停頓了幾秒才改口，「對他坦承布公，花了點時間把話說開。」

「你對樓夏說了什麼？他現在看起來像隻……被拋棄的小狗狗，你有仔細看過他的眼神嗎？可憐到我都不忍心了。」

「我能對樓夏說什麼？既然他不想要申請調職，我只好告訴他真相，還有提醒我不喜歡他的舉動，我也不想討厭他。」岳格拿起茶杯慢慢喝了幾口。想起那天晚上在高樓的情景，他心裡仍有一股愧疚。

愧疚？他摸了摸胸口，想拋掉這股情緒，不斷在內心說服自己並沒有做錯事。

成因沒漏看他這個自以為無聲無息的反應，勾起微笑說道：「樓夏很喜歡你，然後你很狠拒絕了他，對吧？」

「我哪有狠？只是好心跟他說了實話。」在成因的注視，岳格的氣勢不禁弱了一些。

「什麼實話？」

「嗯……」岳格在成因的逼問下，輕咳幾聲才說，「告訴他我不喜歡他不停獻殷勤，還有別逼我討厭他。」

「喔——這麼狠啊？」成因吹了聲口哨，揶揄的口吻讓岳格感到不悅。

「說清楚我們才好做事，至少他就不會再有那些奇怪的追求行為，我也不用為了逼走他做些奇怪的事，現在相安無事我覺得非常好。」岳格抓起桌上玻璃碗裡的巧克力糖，慢條斯理地撕開包裝塞進嘴裡。

岳格看似平靜且輕鬆自在，但成因看得出來，一切都只是他的偽裝。

「是嗎？」成因也拿起一顆糖果，撕開包裝吃進嘴裡。

看著岳格一直不願與他對視，飄忽的視線才緩緩說道：「如果你真的覺得這樣很好，那就不需要感到心虛，還有……」

「還有什麼？」岳格皺起眉，扔掉糖果紙後忍不住湊上前，「我真厭惡你這種欲言又止的說話方式，把話說清楚好嗎？你讓我很煩。」

「等我喝完這杯茶。」成因將剩餘的熱茶喝完，潤潤喉才說道，「剛剛你看著他離開的眼神，我從沒見過。你覺得有一點對不起他，又有點想跟他說些什麼，對吧？為什麼呢？因為你不是真的那麼討厭他，只是不習慣有人這麼親近你而已。」

「別說得好像很懂我，你這些都是猜測。」岳格輕哼一聲，完全不接受成因的說詞。

成因不介意他的無禮，又拿起一顆巧克力糖，緩慢地撕開包裝，「我奉勸你改善一下你們的相處方式，否則等那個孩子認真想離開你的時候，可是十臺卡車都拉不住，到時候你只有後悔的份。」

「我還恨不得他快離開呢。」岳格輕笑一聲，不予置評。

「是嗎？希望你能參考一下我的意見。我還有其他工作要處理，這份買賣合約你看過覺得恰當就簽名，我會派人來收回。」成因將糖果紙留在桌上，起身整理好衣服，便瀟灑地離開辦公室。

直到個人辦公室只剩下岳格一人，他盯著成因留下的那份合約許久，心裡卻覺得相當鬱悶。總覺得成因說中了一些實情，但是他又不認為全盤皆此……

岳格無法替自己找到合理的解釋，最後鬱悶地不斷拆開玻璃碗裡的巧克力糖，直到碗裡的糖果全被吃光，他的心情仍然沒有好轉。

　

樓夏的座位就在岳格的個人辦公室外頭，辦公桌上淨是文件與便利貼，電腦螢幕上全是岳格的行程，他做得很順手，甚至覺得並不討厭這份工作。

「樓夏，這兩份文件麻煩交給老闆簽名。」一名年輕的男性業務拿著黑色資料夾，愉悅地交給他說道。

「好的，莊哥今天心情很好呢。」樓夏收好資料夾，看著公文盒裡堆積的大量待簽文件，心想又得面對岳格，如果可以他真想像現在這般拖延時間。

「是啊，這週談成了很多買賣跟上架。雖然跟老闆比起來我還差遠了，他都是大生意啦。」莊哥的年紀與樓夏相仿，每次有接觸的機會總會跟他多聊幾句，久了之後兩人似乎也建立不錯的交情。

「你昨天剛拿合約來，今天又有新的了，真厲害！我等一下就幫你送給岳老闆簽名。不過已經接近中午他不會想被打擾，下午才能處理了。」樓夏看著桌上的時鐘，不知不覺已經是午休時間，難怪肚子餓了。

「你還要忙嗎？」莊哥同樣看著桌上的時鐘問道。

「不用，剩下的下午處理就好。」樓夏收拾好桌上的物品，正在思考午餐該吃什麼，同時能又能避開岳格。

「這樣的話我們一起吃吧？我看你常吃便利超商的食物，這附近其實超多好吃的店，你應該嘗看看。」

莊哥親切的笑容讓樓夏沒有拒絕的理由，他連點了好幾下頭，答應了莊哥的邀約。

兩人一前一後離開公司吃飯，恰好錯過先行離開的成因，以及隨後鬱悶地走出辦公室的岳格。

「這傢伙居然不在？」岳格看著無人的辦公座位，竟覺得有些失落。

「平常都買便利超商便當解決的人，今天居然去外食了？真難得。」岳格整了整外套，他不想承認有那麼一點想找樓夏一起吃午飯的念頭。

「真沒口福的笨蛋。」岳格走出了辦公大樓。

正中午熾熱的陽光很是刺眼，長期在夜間工作的他，喜歡偶爾曬點太陽，將整晚沾染的陰氣驅散。

不過現在他面臨的卻是另一個嚴重的問題，中午到底該吃什麼？

岳格走了一圈，最後選擇距離辦公大樓兩個路口遠，專賣燒肉飯的便當店，這種時候他格外想吃充滿肉類的餐點。就在經過另一間鍋燒麵的店家時，他瞥見樓夏與另一名見過幾次面的員工一起用餐，兩人有說有笑。樓夏的表情相當輕鬆，讓岳格有那麼一點吃味。

「真是的，居然還有可以一起吃飯的同事啊？我看他一個人也混得很好嘛。」岳格鬱悶的心情又更加惡劣了，他筆直地走進便當店，仰頭看著牆上的菜單，腦海中全都是樓夏對著別人微笑的樣子，他越想越不開心，就這樣失控地點了好幾樣菜。

直到店家將所有餐點送上桌，他看著至少三人份的午餐加上兩碗熱湯，一邊想著自己到底是怎麼回事，一邊發狠決定將所有的餐點一掃而光。

下場就是岳格吃得太撐，下午一直處於心神不寧的狀態。當回到辦公室經過樓夏的座位時，發現他已經返回座位，桌上還有一杯沾滿水珠的手搖飲料，正在專心工作，甚至連看他一眼都沒有。

岳格關上門後，剛才的平靜模樣已不復見，只有快被醋意淹沒的可憎表情。他看著空無一人的正前方許久，完全無法相信自己居然在吃醋。

「現在的生活不是很好嗎？我到底在想什麼？幹嘛這麼在乎那傢伙？」岳格煩躁地抓著頭髮，試圖冷靜下來卻不見效果。直到聽見外頭傳來敲門聲，他才立即一副若無其事的態度坐回椅子上。

「進來。」岳格試圖讓自己看起來輕鬆高傲。樓夏則捧著一大疊文件來到他面前，總是迴避著岳格的目光。

「岳格……老闆，這是需要您簽署的文件，都是今天要送件的麻煩盡快，我一個小時後會來取回。」樓夏從頭到尾都低著頭，他不想知道岳格正用什麼表情看著自己，報告完事情後便轉身匆匆離開。

「你連看我一眼都不肯啊？有這麼想躲開我？」岳格終究忍不住，在樓夏離開之前還是開口了。

「沒……沒有，我只是覺得現在是上班時間，不是在執行武神任務，我手上還有很多工作要忙，得快點處理。」樓夏已經開了門準備離開，岳格不知為何還是不放過他。

「工作忙跟你不想看我一眼，完全是兩回事。也好——就維持這樣吧，我樂得輕鬆。」

「……如果學長覺得這樣就可以，我會繼續保持，只要學長別老是露出希望我快點離開的表情就好。」樓夏還是忍不住回頭看了一眼，岳格從他的眼神裡看出了淡淡渴求的哀傷。

樓夏就這樣安靜地關上門離開。岳格煩躁地抓著頭低語：「到底怎麼回事？我被這傢伙搞得好煩躁，一點都不像我自己了……」

從岳格辦公室離開的樓夏，拿著剛簽好的文件放到桌上。剛才的氣氛太過沉重，兩人的關係變得這麼惡劣也不是他願意的結果，但是他現任只能小心翼翼地應對，深怕與岳格的關係會越來越惡劣。

「啊，得聯繫莊哥，請他來拿回文件。」樓夏將注意力移到工作上頭，拿起電話按著分機號碼分別聯絡。

不久之後，被通知的同事們逐一前來領回自己的文件。莊哥是最後一個來的人，由於一起吃過飯的交情，樓夏對他的態度特別熱絡。

「謝謝你。這下案子總算能結案，還有獎金可以拿，真開心。」莊哥捧著文件夾開心地說道。

「真的嗎？真替你開心。」樓夏露出真誠的笑意，還為他鼓掌了幾下。

「我明天請你喝飲料，當作慶祝。」莊哥拍拍他的肩膀笑道。

與他互動的過程中，樓夏心情好了不少。兩人的交談越來越深入，甚至約好下班後一起吃晚餐，樓夏的心情也因此舒緩了不少。

他在六點準時打卡下班離開。待會午夜十二點還得應付武神的工作，必須面對岳格，讓樓夏有那麼一瞬間希望時間能拖慢一點。

岳格今天比較忙，六點半的時候才離開辦公室。他看著已經整理乾淨、空無一人的樓夏座位，竟感到有些失落。

雖然他早就猜到樓夏今天不會等他，但是親眼所見仍然覺得不太開心。

「以前都會像隻小狗一樣在我身邊繞圈圈，等著我下班呢。」岳格踏進電梯，一邊整理外套，自言自語道，「哼！我一點也不覺得可惜。我不能有這麼可笑的想法，越疏遠越好……」

岳格咬咬牙，努力忽視一直從心底深處湧出來的不適，但當意識到待會武神的工作還得與樓夏見面時，心裡還是有那麼點不知該如何應對的恐慌感。

果然當晚的武神任務，兩人在彆扭的狀態下勉強完成了工作，雙方道別時都感到很是尷尬。

這樣的狀態延續了好幾日，樓夏也因此與莊哥的交情越來越深厚，除了武神相關的事情不能透露以外，生活喜好甚至是金錢的話題都聊了不少。拜他所賜，樓夏才能在與岳格的凝重氣氛之間，獲得心靈上的平衡。

漸漸地，樓夏覺得在人界結交凡人朋友也是相當不錯的事情。

天界並沒有規定武神不能與凡人往來，在身分不能曝光的前提下，就算是談戀愛、有性行為也不會被阻止，唯一條件是不能與凡人有婚姻關係。至於武神有性行為，是否會有繁衍後代的問題也不需擔心，武神雖然是凡人肉體，但是早已沒有生育能力，並不會有繁衍後代的機會。

當然這些事情天界只是睜一隻眼閉一隻眼，如果過於淫亂仍然會受罰甚至降職，畢竟從人界的角度來看，天界依舊得維持一定的神聖。雖然領有天界神職的人們有性生活一事，早已是公開的祕密。

樓夏並沒有想這麼多，他沒有與凡人談戀愛的想法，但是能交到朋友是他意料之外的事，而且還能填補空虛的心靈，他喜歡這樣的發展。隨著與莊哥的交情越來越好，樓夏也漸漸意識到自己的世界裡不一定只能把岳格當作唯一，人界走一遭許多事情都值得體驗。

就這樣又過了半個月，因為出差的關係岳格與樓夏難得有獨處的機會。一早就得出發前往南部的兩人，在車內後座幾乎沒有交談。

車子剛上國道，岳格吃完最後一個杯子蛋糕，啜飲著美式咖啡，視線卻忍不住飄向正拿著手機回覆工作訊息的樓夏。

「你最近……」岳格終究還是忍不住，主動打破沉默問道，「在公司交到朋友了？是那個國際業務部，最近業績不錯的莊右成，是吧？」

「啊，是。」樓夏停下手，神情平靜地看著岳格，但明顯過於冷淡的態度顯然不想深聊這件事。

「真難得你願意交朋友。」岳格輕笑一聲，頗有揶揄的意味。

「這也是一種經驗，畢竟除了夜間的任務以外，我不可能都不與其他人接觸。」樓夏的回答只能用官腔的客套話來形容。

岳格盯著他許久，突然覺得好像不太認識眼前的少年了。

「你說得倒沒錯，也好……這樣你就不用一直纏著我。多認識幾個朋友，最好交個男朋友或女朋友，是吧？」岳格又笑道。樓夏按著手機螢幕的手指再次停頓，並看向岳格。

「怎麼了？幹嘛一直看著我？」岳格見他平靜卻又無辜的眼神，心裡覺得不太舒暢，不禁勾起挑釁的笑容反擊。

「我覺得交朋友可以讓我不會感到孤獨，但是……岳格學長，你明知道我的心意，卻說這種話，真的很傷人。」樓夏努力讓自己的神情不那麼悲傷，但是語氣輕柔又無助，掩飾不了他的失落。

「我只是建議而已，沒有想要傷害你的意思。」岳格皺起眉反駁，他想不透為何與樓夏的相處會惡劣到這個程度。

「嗯，我明白了。」樓夏閉上嘴不願再與岳格交談。

直到白天的工作結束為止，除了工作上必要的交談以外，兩人再也沒有其他對話。

他們回到公司時已經是傍晚六點，樓夏淡淡地與他道別後轉身離開。

岳格總覺得哪裡不太對勁，就在樓夏準備要離開時，不禁出聲叫住他：「樓夏——」

「是。」樓夏回過頭，眼底平淡到近乎沒有情緒，讓岳格覺得他越來越陌生了。

「別忘了晚上固定的時間會合。」岳格知道這句話是多餘的，但是依舊想說，試圖透過這句話提醒彼此的關係。

「我知道。」樓夏低頭想了一會又說道，「我突然覺得武神這個職位有點不公平，不像白天的工作還有下班、週休二日，得全年無休不得間斷，你比天界還要有良心多了。」

樓夏說完後馬上轉身離開，留下一臉錯愕的岳格。

「這傢伙到底是在誇我還是損我？」岳格想了許久，仍然想不透答案。

不知道自己讓岳格難得吃癟的樓夏，離開辦公大樓時恰好收到莊哥的訊息。內容很短，只說剛好看見他離開，自己正在對面的自助餐吃晚飯，願不願意一起吃？樓夏試圖想拋開岳格帶給他的苦悶，毫不猶豫答應了邀約。

當他看見在店裡吃飯的莊哥，忍不住露出釋懷的笑容。強裝一整天的冷淡在此時獲得一絲舒緩，他正試著改變自己的想法，交個人類朋友、體驗人界的種種。

「你們今天還是很忙啊？老闆談了很大的生意？」莊哥看他就坐，隨即追問。

「大概吧，我沒有很注意。」樓夏顯然不太想多聊岳格，但是不能表現得太明顯，只能敷衍帶過。

「老闆自己談的工作利潤都很高，真希望我也能像他一樣。」莊哥露出羨慕的表情說道。

這也是樓夏注意到，關於人類的特質。莊哥對於錢財特別在乎，每完成一件新的買賣合約，就會急著追問能有多少獎金；每次一同用餐時，三句不離投資與賺錢。

這對樓夏來說其實有些困擾，畢竟他身為武神，人界的錢財並不重要。只要能維持基本生活，他根本不介意到底有多少存款。儘管岳格發給他的月薪並不差，他也幾乎沒動用過那些錢。

「唉，錢真難賺，不知道有沒有機會能像老闆那樣。」莊哥吃下一塊排骨後，滿懷羨慕地說道。

「我倒覺得像現在這樣比較好。」樓夏淡淡地說著。

岳格經營的水產買賣真的很賺錢，每天都有大筆的金錢進出流通，身為祕書的樓夏多少知道一些內幕，但是他完全沒興趣。

「是嗎？你看得真開……」莊哥察覺他不太願意聊這個話題，尷尬地搔搔頭後，很識相地轉移話題。

直到晚餐已經吃完，莊哥欲言又止地看了樓夏幾眼。正準備穿上外套離開的樓夏，並沒有忽略這抹眼神，直接問道：「怎麼了嗎？」

「那個……樓夏啊，我有件事想請你幫幫忙。」莊哥搓搓手，露出與以往不同的扭捏神態。

「儘管說。」樂於助人的樓夏當然不會拒絕。莊哥則露出鬆了口氣的笑容，「太好了，看來看去也只有你能幫我了。」

「是什麼事？」

「我能不能跟你借點錢……我遇到了點困難。」

樓夏眨眨眼，但是他並沒有拒絕莊哥的拜託。聽完了對方所說的原因後，他非常大方地將帳戶裡的錢全借給對方。

樓夏不覺得有什麼問題，直到三天後的中午想與莊哥一起吃午餐，卻聽說他已經離職的消息。據說走得非常突然，就連交接也很隨便，造成業務部的同事極大的困擾。

這件事當然也傳進了岳格的耳裡，但是基於這人先前在公司的表現，他決定暫時裝作不知情。看著樓夏又恢復成一個人在辦公桌前解決午餐的情景，岳格心裡不知為何有一種難以言喻的爽快感。

然而這樣的爽快維持不到兩天，逐漸被疑惑取代。

岳格發現樓夏的午餐不再是便利超商便當或外送，有時是土司有時是蘇打餅乾。過於簡單的食物讓他起疑，但是眼下彼此關係太差，也就沒有多加追問。

事情又過了兩天，爆出那個離職的莊姓下屬，與多位同事借錢不還的消息，許多人正試圖聯繫他但沒有任何下文。

岳格接到消息時，正是與樓夏搭車返回北部的途中。他看著下屬們傳來的消息，接著看向正拿著手機替他聯絡工作的樓夏。

「樓夏，你最近白天的工作有沒有遇到什麼麻煩？」

「呃……如果是岳格學長指派的工作，算不算麻煩？」樓夏真誠地反問，岳格瞇起眼想罵回去，但是他明白這傢伙沒有惡意，只是聽的人會被氣死而已。

「還能這樣酸我，看來是沒什麼問題了。」岳格輕哼一聲，不想表現出太過在意的模樣，更不想說出更難聽的話，乾脆自己結束這個話題。

樓夏則悄悄看了他一眼，欲言又止的神情藏得很深，岳格並沒有察覺。

又過了數天，岳格發覺樓夏的精神很差。雖然白天與晚上的工作都還算盡責，但某些時候明顯注意力非常不集中，他當然毫不客氣地碎念了幾句。樓夏一如平常誠懇的道歉後，岳格再生氣下去就是無理取鬧，也就不再追究。

雖然雙方都很清楚兩人的關係變得很古怪，甚至有持續惡化的跡象，但沒人願意面對處理。樓夏甚至覺得待在人界也不過才短短一年不到的時間，想法竟然就與剛就任時大不一樣了。

「同期的伙伴曾說過人界是個大染缸，如果信念不夠堅強容易被影響。我還很自豪地認為絕不會發生這種情形，看來是我自打嘴巴了……」樓夏坐在辦公桌前，手邊擺著剛拆開的土司。

現在是接近中午的時間，他有些焦慮地看著桌曆，距離下次發人界薪水的日子還有十五天。

「看來還得靠吃土司跟餅乾撐一陣子……」樓夏摸摸肚子，他已經有好幾天沒有吃飽過。

雖然武神的身體強度比普通凡人好一些，可是仍是無法避免飢餓感。他第一次覺得人界的時間很漫長，身上的錢財不夠要在人界生存是這麼困難的事。

「好餓啊……今天的狀態特別不好，難道已經到極限了嗎？」樓夏停下手。看著滿桌的文件，竟然產生桌上都是白飯的錯覺，他連忙搖搖頭試圖讓自己清醒些。

他晃了晃身軀，轉身從抽屜又摸出兩片土司啃，至少能減輕一點飢餓感。

此時桌上的電話響起內線鈴聲，樓夏連忙接起。

電話那端傳來的是岳格的聲音，「昨天送來的文件都簽好了，進來拿吧。」

「好的。」樓夏掛掉電話後，連忙吞下口中的土司，馬上起身走進辦公室。

一進裡頭，撲鼻而來的是引誘他強烈飢餓感的食物香味。岳格的桌上有個小盤子，上面放著薯條與雞塊，油炸的香味讓樓夏不禁吞吞唾沫。

「桌上那一疊拿去吧，有好幾份急件不能拖。」岳格看了他一眼後，埋首繼續工作，還順手抓幾根薯條往嘴裡塞。

樓夏的目光幾乎停在岳格的手上，手指上沾的油，深呼吸就能聞到帶著番茄醬與油炸的氣味。他的肚子很不爭氣地開始發出叫聲，他很意外自己居然這麼餓。

樓夏為了不讓岳格察覺異狀，努力讓自己看起來很鎮定，但是收著文件夾的動作卻非常慢，雙手甚至開始發抖。

岳格還是發現了他的異狀，見樓夏臉色越來越差，動作更是緩慢。

「小子，你怎麼了？」岳格見樓夏站也站不穩，想起身拉住他。

樱夏看著岳格神色恍惚，含糊不清地說：「岳格學長……你怎麼在晃？」

「你在胡說什麼啊？晃的人是你好不好！」就在岳格快要抓住他的手時，樱夏再也站不住，在男人面前狼狽地倒下。

「有查到那個姓莊的傢伙的下落了嗎？」

樱夏聽見岳格不太開心地這麼說道，從睡夢中慢慢清醒。

等到他意識回籠，才發現自己躺在岳格辦公室的沙發上。岳格正站在窗前拿著手機通話，他就這樣看著那個熟悉的身影，隨著因移動而搖晃的紅色髮尾出神。

「所以離職當天就連夜搬家，手機也變成空號了？」岳格稍稍提高音調，語氣越來越差。

「目前受害總金額這麼高嗎？你繼續查，我非要找到這傢伙不可。」岳格總算結束通話，轉過身恰好看到已經清醒的樱夏。

他原本平靜下來的情緒驀地又被激起，氣沖沖地走到樱夏面前，本想一把抓住樱夏的衣領，但是顧及到對方不久前虛弱的樣子，他連忙又收回手。

「我說你啊，是笨蛋嗎？」岳格語氣很差，躺在沙發上的樓夏一臉莫名其妙。

「沒錢吃飯不會說嗎？我才覺得奇怪，你怎麼天天都吃土司和餅乾。發生這種事不會開口求救嗎？我有惡劣到讓你挨餓嗎？」岳格怒氣騰騰地罵著。

樓夏僅是輕輕應了聲，明白岳格知道事情的真相了。

「我只是覺得……這件事有點丟臉。」樓夏慢慢坐起身，不敢面對岳格的眼神，虛弱地說道。

「丟臉又如何？面子一點也不重要，算了……你先吃點東西吧。」岳格見他餓得沒力氣，將自己買的速食全推到他面前。

樓夏看著桌上的雞塊薯條，吸了吸鼻子，突然很想哭。他不清楚自己為何而哭，是因為被凡人背叛？還是因為岳格學長終究對他有著那麼一絲溫柔呢？他越想越矛盾，眼角甚至沁著淚水。

「哭什麼啊？你啊……」岳格沒料到樓夏會有這樣的反應，更是手足無措。

他覺得應該安慰樓夏，偏偏身為武神的他就是沒學會安撫這件事。就這樣猶豫一會後，岳格伸手輕輕地撫摸樓夏的頭，心頭像是被揪緊了一樣，一時無法搞懂這是從何而生。

「先吃吧，晚上我帶你去吃飯……」岳格輕咳一聲才繼續說，「讓指導的學弟挨餓是我的失職。至於那個姓莊的傢伙搞出來的問題我會處理，畢竟受害者都是我的員工，不能放著不管。」

「謝謝岳格學長……」樓夏雙手抱膝虛弱地說道，眼角雖然還掛著淚珠，但是情緒相當平緩。岳格這才安下心來，不停催促他快吃。

岳格見樓夏慢慢咀嚼的樣子，突然覺得該給這個孩子一點空間，便隨便找個藉口離開辦公室。他站在辦公室門外，從口袋摸出一根棒棒糖，吃糖似乎成了抒壓的方式之一。

在門口繞了一圈後，手機再次響起。岳格只看了一眼來電顯示，接起來不等對方開口便急切地問道：「是？找到人了嗎？」

「找到人了，離職當天就往南部逃，躲在一棟鄉下公寓裡。」對方的語氣平淡，聽不出情緒。

「把他帶回來吧，我明天早上要見到人。」岳格看著辦公室的大門說道。

「好的。學長，真難得你會直接叫我們找人，上次聽到你的聲音已經是一百年前的事了。」對方忍不住笑道，換來岳格無奈的嘆息。

「你可別說出去，能辦到這件事的也就只有你們，我還擔心你們不承認我呢。」

「岳格學長，你可是我的恩人與指導學長，就算臺面上再怎麼不往來，這點小事我還是會做的。只是那位小學弟還真讓我嫉妒，竟然讓你硬著頭皮來聯繫我……真想見他一面。」

「不用了吧？你專心做好你的神職，現在不是在南部某間廟裡受到信徒喜愛了嗎？」岳格一聽連忙阻止，卻聽見對方不停輕笑。

「學長你也真緊張，我是說笑的，明天一早包准你就會見到人。」

「那就拜託你了。」岳格鬆口氣。沒想到這位曾經的指導學弟、現任某間廟的陪祀神明，突然話鋒一轉問起他最不想面對的問題。

「學長，你什麼時候才願意申請封神？現在我位階比你高，但是還是覺得要敬重你，一想到你得對我們這些已經封神的學弟妹們鞠躬行禮，實在太彆扭了。」

「我就是要讓你們彆扭，別聊這話題了，我還要忙、再會。」岳格再一次逃避問題，馬上結束通話。

岳格盯著已經轉暗的手機螢幕一會，很快就將百年前指導過的學弟所說的話拋在腦後，轉身進辦公室忙著關心樓夏。

樓夏被岳格強制餵了幾口雞塊薯條後，精神已經好了許多。五點多的時候岳格提早下班，帶他去高檔餐廳吃了一頓豐盛的晚餐。在這之前還帶樓夏去將疏於整理的頭髮修剪整齊，比起一開始俐落短髮的樣子，現在的樓夏有著經過好好打理的青春感，清爽又不失帥氣。

晚餐時樓夏原本有些戰戰兢兢，在岳格拍桌要他別客氣、別搞砸氣氛後，他的舉止才膽敢放開些。累積多天的飢餓感在滿桌美食前蜂擁而出，樓夏就這樣吃掉了五大碗飯，大半的配菜也都進了他的肚子裡。

兩個小時後，他摸著填飽的肚子發出舒緩的喟嘆。岳格見他氣色比剛才好了一點，才說道：「下次遇到這種事就直接說！人心多險惡，這次學乖了吧？」

樓夏帶著淡淡的歉意看著他。岳格對上樓夏這般無害又無辜的眼神，被惹得總覺得內心某處不太自在，再次別開視線。

「別用這種快哭出來的表情看我，今天晚上的武神任務你在旁邊看著就好。」

「可是……我沒受傷，今天還是能做好砍殺心魔的工作。」

「免了吧！萬一中途又昏倒怎麼辦？我可沒辦法分心救你。」岳格在他身上貼了張見習指令的符紙，這代表著今天樓夏真的只有在頂樓看的份。

「抱歉，我給學長添麻煩了……」樓夏摸著那張符紙，發現符紙上居然還帶著些微電流的防護機制。

「是啊，所以拜託你聽話一點。」岳格翻了個白眼。儘管接受了樓夏的歉意，仍然想酸個幾句才過癮，但為這孩子心疼的情緒卻揮之不去。

「我到今天才覺得，人類也有不能相信的地方呢……比起來，白天只想賺錢生活的岳格學長好太多了。」

「喂！你到底在損我還是在讚美我？你最近越來越常這樣，別以為我不會生氣。」

「抱歉，我是……有感而發。」樓夏連忙坐正身子說道。

「真是的，你等一下就來我的住處休息，我要盯緊你才行。今天我們一起出發執行武神任務。」岳格見樓夏已經吃飽，轉身向服務生吩咐要結帳。

「哎！可是學長不是說過，不想要時時刻刻都看到我的臉嗎？所以才會規定下班到武神任務時間不准見面的……」

正在等待服務生前來結帳的岳格，聽到這番話不禁板起臉孔低語：「你到底會不會看時機啊？是要讓我罪惡感爆表嗎？」

「不，我不是這個意思。」樓夏連忙搖頭否認。

「算了，不跟你計較了。」被前來送帳單的服務生打斷對話，岳格和對方交談了一會。

剛吃飽精神還有點恍惚的樓夏則盯著岳格不放，甚至覺得眼前這個男人好像越來越帥……

結完帳送走服務生的岳格，一轉頭就看到樓夏那臉痴呆的表情，不禁問道：「又怎麼了？你不舒服嗎？」

「沒有，我只是覺得，我還是很喜歡岳格學長……雖然你經常罵我，但是重要的時刻又對我很好……我本來想試著不要太喜歡你，可是現在好像更喜歡了……」

岳格太清楚這番話代表著什麼，自己都差點被這番真誠的告白打動了。但他仍然是清醒的，就算內心真的有那麼一點願意接受這孩子的喜歡。

「我認為你這幾天被凡人背叛受到打擊，才會對我產生錯覺，睡一覺、吃飽一點，明天就會好了。」岳格仍然選擇拒絕樓夏的表白，就算他那失落的眼神是多麼可憐，也仍然不會心軟……雖然心中深處有那麼一點愧疚跟心疼。

第五章

到了第二天，樓夏精神還是不太好。第二次被拒絕讓樓夏覺得自己徹底出局，雖然岳格為他解決被騙走所有積蓄的事情，他心裡很是感激。

樓夏不知道岳格是用了什麼方法，可以在兩天就把人抓到面前。受害者不只有樓夏，牽涉的金額也不小。他與其他受害的同事花不少時間與莊哥對質，甚至得以先拿回部分積蓄解決危機。

樓夏看著存款簿，心情很是複雜。他應該要開心才對，但被岳格拒絕讓他的情緒很混亂。從那天起，兩人的互動恢復過去的自然，只是岳格比起以前多了點溫柔，揶揄調侃也少了，樓夏覺得這個人對他真好。

「我倒希望你可以不要對我這麼好……」樓夏壓抑不了對岳格越來越強烈的好感，偏偏身為武神的上下屬關係，怎麼樣也逃避不了。

「不然申請更換指導學長好了……」這番話才說出口，樓夏立刻搖頭暗暗否決，甚至不停繼續喃喃自語，「不行、不行，換了就再也見不到岳格學長，這麼做只是讓自己更痛苦……不對，現在這樣好像比較痛苦，到底哪種狀況比較難受呢？」

樓夏越想腦袋越混亂，最後痛苦地抱著頭悶聲哀嚎。種種的舉動全被去別處處理工作，剛返回辦公室的岳格看得一清二楚。

「我看你放個三天假好了。」岳格一身外出談生意的西裝，一手拿著超商買的麵包咀嚼，無奈地說道。

樓夏一聽到聲音連忙抬頭，慌張地說：「岳格學長，你、你什麼時候回來的？」

「大概從你說想申請更換學長那邊。」岳格吃掉最後一口麵包，態度輕鬆地說道。

「那不就是一開始？」樓夏支支吾吾說道，「我沒有要申請調職，請、請學長不要當真……」

「我知道啦！放你三天假療傷，以後也不准再拿調職這件事說嘴，如果……你待得很痛苦想走，我也不介意。」岳格搖搖手要他冷靜。

「療傷？我沒受傷啊……」

岳格嘆口氣，一手壓在辦公桌上說：「失戀的傷啦！雖然由我這個拒絕你的人來說很奇怪，但是我認為你需要點時間調適心情。畢竟武神也是凡人起家，有七情六欲，你不像我在人界待了五百年以上，我看過的事情可多了。失戀這件事要是沒弄好，會造成很嚴重的心魔，因此被吞噬的武神大有人在，所以我准許你放三天假。東西收一收，你可以下班了，當然晚上的武神任務可別忘了啊。」

岳格說得輕巧，慎重地拍拍樓夏的肩膀後往自己的辦公室走去。

樓夏仍然坐在原位，還在消化岳格剛才所說的話。雖然經歷了樓夏被欺騙的事件後，兩人的關係緩和了許多，但是從言談裡不難發現，岳格終究還是堅持自己的原則，處理了兩人曖昧的關係。

「岳格學長為什麼可以這麼輕鬆地看待這件事呢？」樓夏看著他的背影，難受地問道。

岳格停下腳步並沒有回頭，淡淡地說道：「我不是說過，我在人界可是待得比你久太多，如果連這種情感問題都無法排解，這五百年可就白待了。」

「岳格學長，你有喜歡過別人嗎？」樓夏聽完他的回答，又急切地問道。

「唉，這是個人隱私，不過也不是沒有過——只是時間太久，我想不起來了。」

「所以你應該也能體會我現在有多難受吧……」樓夏握緊拳頭，他看著岳格的背影，試圖從這些情緒裡試探，甚至希望讓對方能有一絲回應。

「隱約記得，不過……我已經好幾百年沒有喜歡過別人，所以已經忘了那有多難受，你久了就會習慣。」岳格揮揮手又說，「我還要忙，你快去放假吧。」

他就這樣直接結束話題，樓夏則盯著被關上的門許久，神情比剛才更差了。

「情感這種事原來可以習慣的嗎？」樓夏摸著自己的胸口，他不確定傳來的疼痛是因為睡眠不足，還是被拒絕而感到失落。

樓夏被迫休失戀假的第一天，恰好成因來岳格的公司談生意順便打發時間。他發現那孩子的座位是空的不禁感到困惑，一推門就問道：「那個超迷戀你的武神學弟去哪裡了？」

「啊？」岳格從一堆資料中抬頭，態度不太友善。

「哇……你這是怎麼回事？你終於把那個學弟趕走了？」成因慢慢關上門，對於他疲憊又不悅的臉色感到好奇。

「哪有？別亂猜測。」岳格輕哼一聲，繼續埋首工作。

「不然那個孩子呢？」成因熟門熟路地坐在會客用沙發上，看著玻璃碗內裝滿的巧克力糖，一臉喜悅地抓起一顆。

「我放他假，讓他白天到處走走。」岳格頭也不抬地說道。

「這麼好？這一陣子你怎麼老是放他假？該不會沒算薪水吧？我看那孩子還涉世未深，你可別拐他。」成因將巧克力糖放進嘴裡，甘醇的滋味讓他露出享受的笑意。

「我放樓夏失戀療傷假，這幾天把他留在身邊工作也只是讓狀況更糟。我可是還幫了他免於被狡猾的凡人欺騙，你曉得他差點因為積蓄被騙光沒錢吃飯嗎？」岳格沒好氣地看了成因一眼後，再次將注意力放在那些沒完沒了的工作上。

「等等，你這段話感覺發生了很多事，失戀？被騙？沒錢吃飯？」成因一下子抓不到這番話的脈絡，雙手環胸陷入困惑。

「我正式拒絕樓夏，他一副大受打擊的樣子，我認為需要休息一陣子療傷。他被我旗下的員工騙走我發給他的所有薪水，挨餓了好幾天，這幾天才幫他把錢討回來。」岳格快速說明後，看著成因呆滯到嘴唇微張的樣子，覺得太滑稽忍不住輕笑。

「幾天不見事情就這麼精彩嗎？武神小學弟失戀囉……」成因又抓了顆糖果

吃，安靜幾秒後說道，「你到底在怕什麼？」

「啊？沒頭沒尾的，對我說這個幹嘛？」

「不愧是目前在人界待最久的武神，可以完全忽視自己的心意。你並不討厭被那個孩子喜歡吧，坦然接受不就皆大歡喜？我為他的失戀感到心疼。」

「你是吃糖吃到醉了嗎？我這裡的糖果可沒有含酒精。」

「我知道你不喜歡聽，不過……為什麼？你其實對那個孩子挺好的，雖然常抱怨他很煩，但是照顧都很到位。聽說你還把住家樓下那層提供給樓夏住？我還以為你會隨便找個便宜套房了事。」

「有規定要為指導學弟安排可以追蹤的住處，我自家就一個，幹嘛大費周章另外找？」岳格冷淡地回應，對於成因那張想探問的嘴臉感到厭惡。

「可是我記得你之前說過，那一層打算租出去。一個喜歡待在人界爽爽賺錢的武神，放掉這麼好的機會實在不像你。」成因吹了聲口哨，滿滿的揶揄讓岳格的臉色越來越差。

「我就算愛賺錢，也不缺這一筆——好了！你別一直笑，我很不舒服。」岳格抽出一紙信封說道，「上次談合作的細節都處理好了，拿了就快滾。」

道。

「真沒禮貌，我今天特別有空想跟你敘舊啊。」成因拿過信封一臉無辜地說

人。

「之後時間多得是，我現在很忙！你別吵我。」岳格終於沉不住氣拍桌趕

對你一定死心塌地，真心不騙。」成因抓著信封的那隻手朝岳格揮了幾下，離

「好、好，改天再約你喝酒。不過我還是覺得，你可以考慮看看那小子，他

前不忘再戳個幾句，讓岳格忍無可忍喊了聲「滾」。

成因關上門後，岳格疲憊地嘆了口氣，趁著四下無人喃喃自語：「遲早會離

開我身邊的傢伙，我沒事去攬個可能連自己都得失戀的事情？不如什麼關係都沒

有來得輕鬆……」

岳格摸摸胸口，試圖壓下心中那陣悶痛。他明白這是什麼情緒，但是仍然選

擇忽視。

另一邊被趕出辦公室的成因，將信封小心地收進西裝外套口袋，步出辦公大

樓時卻忍不住仰頭看著岳格待的那一層許久。

「幹嘛違背自己的心意呢，就這麼怕？又沒規定武神不能談戀愛，既然要在人界享樂，就該徹底體驗天界不能做的事。」成因搖搖頭，為這個老戰友不如外表這麼果斷張狂，面對情感的時候選擇退縮感到可惜。

就在他準備聯繫接送的司機時，卻看見大樓對面的咖啡廳內有個熟悉的身影。

「是那個孩子啊？」成因勾起一抹笑意。看見交通號誌剛好轉為綠燈，他踩著愉悅的步伐跨過斑馬線，筆直地朝著那個身影而去。

那個人，就是被迫放了三天失戀療傷假無處可去，最後選擇在公司對面咖啡廳打發時間的樓夏。他一身寬鬆的棉質長袖上衣配著牛仔褲，怎麼看都像個高中生。

樓夏點了一杯名稱複雜、看起來華麗可口的冷飲。岳格已經幫他討回大半的積蓄，現在可以隨心所欲吃點好料補償自己，但他卻覺得在虛度時光，甚至因為無事可做連精神都開始恍惚。

直到有個身影擋在樓夏面前，他這才回過神來。

「小子，你不是在放假嗎？怎麼還在公司附近？放假就是該出去玩。」

「成、成因學長？」樓夏縮著肩膀望向他，立刻起了戒備。

「別露出這麼不歡迎我的表情嘛。我是看你失魂落魄的樣子太可憐，想來關心一下。」成因親切一笑，沒想到換來樓夏更加失落的反應。

成因眼見這個反應，驀地感到心軟也就沒有繼續戲弄，拉開椅子坐下後沒問過樓夏，直接點了不少餐點。

樓夏對成因仍然不怎麼友善，尤其看到桌上擺了不少餐點，感到很是不解。

「成因學長，你有這麼餓嗎？」樓夏握著自己的咖啡杯問道。

「給你吃的。我剛才見過岳格，他說你前一陣子被騙，搞得沒錢吃飯。雖然聽說事情已經解決了，但是身為學長的我應該請你吃一頓。」成因將一盤炸薯條推到樓夏面前。大方的態度讓樓夏卸下一些戒心，但是表情依然失落。

成因看了他一眼說：「怎麼啦？看起來不太開心，是岳格欺負你嗎？」

「沒有……他對我很好，還幫我解決被騙的事情，我很感激他。只是……只是……」樓夏停頓一會，回憶起被岳格一再拒絕的往事，一陣鼻酸眼角冒出了淚水，在成因面前哭了起來。

「哎？別、別哭，哎呀……」成因沒料到樓夏會有這樣的反應，在充滿食物的桌面上抽出衛生紙，遞給他直說，「快把眼淚擦擦。」

「謝謝……對不起，在學長面前哭成這樣實在很丟臉，可是……我真的很難受。」樓夏吸吸鼻子，很快就止住眼淚。

「我也不是不知道那傢伙為何會狠心拒絕你啦……」成因本想對樓夏開點玩笑，見他實在太可憐，已經完全打消念頭，「那傢伙過去有一些經歷，所以不太喜歡跟年輕武神太親近，你的出現讓他很煩，完全在我的預料之中。」

「我知道岳格學長一直覺得我很煩，可是他其實對我很好。他知道我很喜歡他，我也不能勉強他一定要接受我的感情，但……這樣好痛苦，就算學長放我三天假，我也沒辦法就這樣放下。」

「真是可憐。我無法替你說服他，我也只能……」成因推了一盤肉醬義大利麵到樓夏面前，「請你吃點好吃的，舒緩你的心情。」

「謝謝……」樓夏在對方親切的對待下，抓起叉子捲起一口麵吃。他的嘴角沾著肉醬，美味的食物香味的確讓心情舒緩許多。

成因見他還願意吃東西，心裡甚感欣慰。

樓夏吃下那口麵後又問道：「成因學長，你說岳格學長以前有過一些經歷，是什麼樣的事情呢?能不能告訴我?」

成因望著他一會，喝下一口咖啡才說：「我可以跟你說，但是你以後可別說溜嘴，岳格很討厭別人一再提這件事。雖然這件事在我們這一代武神之間不是祕密，但畢竟也是兩三百年前的事了，當時你還不知道在哪吧?」

「所以是什麼事呢?」樓夏的雙眼還沁著淚光，好奇地問道。

「嗯……我記得你是因為崇拜岳格的成績與能力，所以才申請要他指導的吧?」

「是的，尤其是前四百年的記錄相當輝煌厲害，一直維持很好的成績待在人界，讓我非常想請他指導。」

「你們都被數據騙了。難道沒發現一百五十年前起，他的年度成績都只有剛好及格，與先前三百多年爆衝到讓所有武神望塵莫及的程度截然不同嗎?」

樓夏被成因這麼一說，眨眨眼後說道：「好像真的是這麼一回事……」

「如果論資歷，他過去有非常多申請封神的機會。當時他有一個非常信任的學弟，跟在他身邊三百多年，兩人對於人界有許多願景。岳格與現在完全不同，渾身正氣凜然，白天做著能維持基本生活的工作，挑夫、護送貨物的船夫等等，都是些相當辛苦的勞力活。那個學弟比他晚五年來到人界，當時的人界並不如現在這麼進步，甚至可以說是相當落後，武神要在人界生存得靠自己。在你之前有太多武神，因為受不了人界的誘惑以及生存的壓力而墮落，就此被褫奪身分。後來大概是制度改善，人界的生存條件也變得比較寬鬆，所以武神墮落的狀況已經減少許多。然而就算岳格對跟隨自己數百年的學弟再怎麼好，學弟仍舊被人界的劇烈變化影響，就此墮落了……

「武神一旦失控，就會產生大量的心魔最後被吞噬殆盡，必須由另一位武神將他處理掉，而且得在成為心魔的瞬間砍殺。那個學弟在進入工業時代後就迷失了，比他更晚到人界的學弟學會賺更多錢的方法，每個人白天生活富足，夜裡只做到及格的標準就收工。相較之下，他的學長——也就是岳格，夜裡埋頭苦幹、白天只能勉強活過下一天的作法實在太蠢。於是學弟的心態越來越不平衡，最終他再也無法敬重這個武神成績優秀，卻在人界過得像貧戶的學長。他們最後一次一起完成武神任務後，他在天亮之前與岳格起了爭執，學弟把所有能怒罵的字眼都用上了，岳格卻只是冷靜地看他……為什麼我知道呢？因為我全程都在場，我想阻止他的怒氣，但是被岳格擋下了。」

成因說到此突然停頓幾秒，喝了幾口咖啡卻遲遲無法說下去。

「後來怎麼了，發生什麼事了嗎？」樓夏被成因突然沉默的樣子嚇著，他此刻的神情與平常嘻皮笑臉的樣子截然不同。

「岳格已經發現學弟即將被心魔吞噬。這是我第一次這麼近距離看到武神被心魔侵蝕理智，從五官身體的每一處冒出黑色的液體包裹全身，最後變成一攤爛泥，在地上掙扎許久之後，就會變成一尾具有攻擊力的黑蛇。就在黑蛇的眼睛即將長出來的瞬間，岳格舉起長刀一刀就砍殺了那尾黑蛇，學弟化為灰燼被天界回收，互相扶持數百年的上下屬，就這樣到此為止。」

樓夏低下頭，回想著這段時間與岳格相處的情形。岳格雖然對他相當不客氣，但是在心態照顧上的確相當用心。

成因的神情漸漸平靜下來，接著將故事說下去。

「武神也會產生心魔，如果是小蛇的話可以自己處理，但是當信念被吞噬時，簡直就是沒有解藥的程度。當時除了砍殺沒有第二條路，這也是身為武神最害怕的下場。從那天之後岳格就變了，他拒絕每一個申請指導的學弟妹，研究怎麼在人界做生意投資，每年的考核都準確地壓在及格邊線，白天當個愉快的商人，晚上當個不求上進的武神，不願升遷、不願接觸新人武神……

「然後過了一百年後，就出現你這個甩也甩不掉的怪咖。相信我，你也讓他很苦惱，在這些轉變底下岳格仍是個很優秀的人，但他還是會選擇拒絕一切。雖然這麼說很殘忍……等你整理好心情面對失戀後，就放棄對岳格的心意吧。」

樓夏聞言，悲傷地注視了成因許久，輕聲說道：「就連成因學長也勸我不要對岳格學長有這種念頭嗎？」

「是啊，在雙方還能好好相處的時候，你快點收拾好心情吧。保持崇拜的情感我不反對，但是要上升到戀愛的話，我勸你三思。」

「好難……」樓夏苦著一張臉說道，眼角又滑過淚水。他知道自己現在一定很可笑，但是無法控制情緒，更壓抑不了心意。

「唉唷，別哭啦！我最無法招架眼淚攻勢了。」成因隨即抽起好幾張衛生紙，送到樓夏面前。

「我曉得，對不起……成因學長，請讓我哭一下，我會調整好心情，接受你的建議。」樓夏抖著嘴唇說道，眼淚雖然已經消停，表情仍然慘白不已。

對於這個執著的傻學弟，成因早沒了想捉弄他的心情，心想難怪岳格老是對這孩子做出種種破例的行為。櫻夏跟當初那個與岳格並肩作戰的學弟實在太像，就像一張乾淨的白紙，一旦灑上墨水便很容易暈開擴散，這種人也是心魔最喜歡鎖定的對象，基於過去的慘痛教訓，岳格不願重蹈覆轍。

「看你放假居然只能坐在這裡發呆，不如我帶你去認識其他武神？平日可以交流一下。」

「啊……說的也是，我來人界有段時間了，除了岳格學長與你，沒有跟其他武神接觸過，我還真不曉得這一區的同事們都在哪裡活動。」櫻夏被成因的建議轉移注意力，情緒比剛才已經緩和許多。

「看看岳格把你保護得多好，我帶你去吧！至少這三天假可以認識新朋友。」

「謝謝成因學長。」櫻夏點點頭，將手中的咖啡喝完。

成因則見他將桌上的食物都吃光後，便依約帶他前往武神們休息時的聚集地。那是間設立在地下室的咖啡廳，外頭有一道厚重的鐵門，需要出示身為武神的身分證明才能進入。

櫻夏一進去裡頭，在昏暗的燈光、慢節奏的音樂聲裡，看見了男男女女們正愉快地交談。眾人對於成因和樓夏的到來，僅淡淡地看了一眼，並沒有抗拒陌生的樓夏。

「在這裡的全都是武神嗎？」樓夏站在門口看著臺階下的所有人，不知為何心裡產生了濃烈的歸屬感。

「是的，在這裡不過問資歷，可以分享工作的辛苦、結交其他區的武神。如果遇到合適的學長姐也能申請轉調，換而言之像是武神的交誼廳。」成因推了推樓夏的背往前，恰好遇到幾名熟識的人，成因淡淡地向他們介紹樓夏，不久之後就放他一個人去融入這些伙伴

樓夏發揮容易親近的特質，不久之後已經和幾名武神坐在圓桌前，天南地北地聊著。

「哎？你的指導學長是岳格？」一名女武神捧著玻璃杯，驚訝地說道。

「啊，是的。」樓夏隨即感受到四面八方的目光，有些不自在。

「你真厲害，岳格學長不好相處啊……」對面的男武神搖搖頭，深感佩服的模樣。

「其實沒那麼糟，一開始的確有點辛苦，他不喜歡我靠太近。」樓夏縮起肩

膀，面對一大群同事，他理所當然逃不過關於岳格的話題。

「我能理解，他過去根本不收學弟妹所以名聲很差。你看起來狀況不太好，是被他折磨的吧？」與他並肩而坐的男武神拍拍檏夏的肩膀安慰著。

「呃，也不算是他的原因。算了，的確有一點點原因與他有關。」檏夏不太會掩飾自己的想法，只好垮下肩膀承認。

「辛苦了啊！武神啊真的是最吃力不討好的工作，在天界被看不起，但是如果沒有我們，人界的善惡就會失衡。明明是很重要的職位，卻被當成僕人一樣看待，我們真可憐。」男武神說罷，四周的人紛紛贊同地點頭。檏夏也不禁認同他的說法，大大嘆了口氣。

「你看起來狀況真的不太好，要讓自己精神好一點。你曉得前兩天又有兩個武神被自己的心魔吞噬嗎？」那名男武神見他神色欠佳，憂心地提醒。

「我沒聽說這件事，但……感覺很可怕。」檏夏想起成因說的關於岳格的過往，露出不安的神色。

「只要信念夠堅定，就能排除這一切問題，別怕啦！畢竟我們都曾經是凡人，如果能鍛練到無視這些負面意念，申請封神的日子就不遠了。」男武神的安慰對樓夏來說是很大的鼓勵。

他與這名男武神交換了聯絡資訊，是位武神資歷三十年的學長。對於樓夏這個僅有五年經驗的菜鳥來說，的確是個值得信任的前輩。

隔天樓夏獨自前往咖啡廳，又遇到了幾個昨日相談甚歡的武神，那名與他特別熱絡的男武神也在場。一回生二回熟，第二天開始樓夏已經融入他們，到了第三天由於工作有太多共鳴，樓夏像是在新的群體裡找到慰藉。

雖然偶爾想起岳格拒絕他的樣子，胸口依然感到疼痛，不過經歷了三天的調適，樓夏發現自己已經能平靜地面對岳格，畢竟每天晚上的武神任務免不了得碰面。

到第三天晚上，樓夏的精神非常好，甚至能對岳格露出笑容。他們這晚默契非常好，再次提前結束任務。兩人在最初會合的頂樓上為今日的工作做結，岳格擦拭著長刀，心想該找個時間請人保養這把刀，樓夏則站在他面前準備行禮離開。

「你……似乎狀況好很多了。」岳格將樓夏從頭到腳審視了一番，帶著幾分尷尬刻意地說道。

「是的。」樓夏垂著眼迴避他的目光。

岳格突然覺得兩人像是剛分手的情侶，而且是好聚好散的那種。他意識到自己的想法很是可笑，連忙搖搖頭把剛才的感慨拋得遠遠的。

不曉得岳格心思的樓夏，困惑地看著他，「岳格學長，發生什麼事了嗎？」

「沒事，我只是最近太累了。」

「這樣的話我們早點解散，讓你休息吧。」樓夏又恢復到還沒告白前，那個貼心又熱心到讓岳格困擾的孩子。

岳格認為這個建議很好，但他現在還有另一件事想探探樓夏的口風，「聽說……你這幾天跟其他區的武神走得很近？」

消息來源岳格並沒有明說，但是彼此都心知肚明。

「是的，成因學長好心介紹一間武神愛去的咖啡廳，果然還是同行才會有共鳴。」樓夏露出淺淺的笑容。岳格神情複雜地看著他許久，古怪的舉止讓樓夏感到困惑，「學長，有什麼問題嗎？」

「沒有……你可能覺得我多嘴，不過就算對方是武神也要有點防備。當然我只是建議，畢竟你先前才剛經歷過被凡人欺騙的事情，也別忘了我還是你的指導學長，任何事情都可以商量。」岳格在樓夏沒有任何情緒的注視下，說話的速度越來越慢，最後窘迫地閉嘴與他對視。

「謝謝學長，我會注意的。我只是認識新的武神朋友，不會因此離開你，這點請放心。」

岳格一聽倒抽一口氣，急著打斷樓夏說道：「我不是這個意思！我只是希望你多防範點，沒有阻止你不能跟他們往來。」

「我明白，謝謝學長，我們快解散吧！你不是說累了？」樓夏淡淡地點頭，將長槍收好後打算先行離開。

「好吧，先這樣了。」岳格目送樓夏離開後，原本鎮定的表情再也堅持不住，疑惑地低頭思忖。

「算一算這傢伙跟在我身邊也超過半年以上了，一開始還用揭發武神身分威脅我，到現在對我死心。這個結果是我想要的……」岳格看著腳下的街景神色複雜，「一點也不覺得開心……」

岳格就這樣站在高處吹了整晚的冷風，試圖讓腦袋清醒些，但是他總覺得有一股不安從心裡深處油然而生。

「希望只是我多想，他的待人處事能進步也是好事……」岳格將不安壓下，重振心情後，縱身一躍消失在黑夜中。

又過了一個月，樓夏與咖啡廳認識的武神們關係越來越親近，他們幾乎每天都會見面，在空檔時分享在人界的甘苦。幾名武神已達可以封神的資格，正興奮地與其他人分享，也有一些人想在人界多待幾年做生意。資歷最淺的樓夏總是靜靜地聽著，腦中想的卻是岳格。

這一個月來岳格對他還算溫柔，雖然揶揄抱怨沒有減少，但是其餘時候都對他相當關心，前陣子甚至提出要替他添購家具的事情。這讓樓夏偶爾感到失落，正因為兩人處於單純的學長學弟關係，才能相處得這麼和諧吧？

「我真想以岳格學長當榜樣啊！就這樣留在人界賺錢。」與樓夏特別交好的那名男武神突然這麼說道，打斷了樓夏的思考。

「樓夏，你覺得呢？」男武神捧著啤酒杯笑著問。樓夏從對方笑瞇的眼裡實在看不出這番話是認真還是玩笑。

「覺得什麼？在人界賺錢比當武神還要重要的想法嗎？」樓夏想也不想地回

道，眾人看著他爆出一陣笑。

樓夏這下雙眼瞪得更大，完全不曉得這群人為何而笑，連忙問道：「我、我說錯了什麼嗎？」

「不，你沒說錯。」男武神拍拍他的肩膀笑得更大聲，直到笑意減緩後才接著解釋，「也就只有你敢這麼直接，對人界最資深的武神直接說出實話，如果他在場會不會拿那把長刀砍你呢？」

「岳格學長並不會這麼做，雖然他愛賺錢但做的都是正當買賣，頂多在議價上會貪點便宜跟好處。他不想繼續往上升職……或許有他的苦衷，我不能妄下評論，畢竟這是他的私事。」樓夏非常認真地替岳格解釋，眾人卻帶著不懷好意的笑容，讓他深感困惑。

「我們才不信，現在哪有這麼乾淨的武神？砍殺心魔本來就不是多好的職缺，但是武神之間特別團結，成功封神的學長姐們，多少都會眷顧還在人界的學弟妹。尤其擁有能管理凡人正式神職的學長姐，在他們護航下有多少武神遊走在規則邊緣，大家都心知肚明。像岳格學長這種資深武神，一定也是如此啦——」

男武神勾著樓夏的肩膀笑著解釋，周遭的武神紛紛出聲贊同。

彷彿與這群人處在不同世界的樓夏，越聽越困惑。

「很多武神在人界待了一百年，就開始與凡人和封神的前武神合作，所做的買賣生意範圍之廣泛。只要不產生足以吞噬自己的心魔，不可直接傷害凡人性命甚至致死，就算販賣人口都沒問題。」

「人……人也能販賣？這可不行啊。」樓夏握緊杯子回應。然而周遭的人依然不停笑著，圍著他說起更多明顯遊走在違法邊緣的行為。

「人當然也可以當成商品，經營演藝公司、人力公司等等，只要不是武神親自經手的工作都能幹。反正天界只管我們有沒有把心魔砍除乾淨，待遇這麼差我們不替自己找點門路生存，光靠每個月一點點薪水根本不夠。」一名女武神端著杯子喝了幾口，優雅地解釋。

他們接下來的聊天話題越來越廣，例如已經封神的前武神與有錢有勢的凡人合作，將低成本的商品高價賣出賺取暴利、利用信仰綁架人心等等，全都是樓夏不能接受的行為。

而且這些人的話題幾乎都離不開岳格。岳格在人界從商並不是祕密，他利用買賣賺錢也是眾所皆知的事，但這些人卻都認為岳格一定還有其他勾結的行為。樓夏甚至聽到有人說，岳格的水產貿易公司只是幌子，私底下做的是賭場、酒店。

樓夏聽到這裡，終於忍不住出聲打斷他們的討論，「岳格學長很認真經營他的公司，並不是你們猜的那樣。」

這時所有人的目光都放在樓夏身上，質疑與困惑的反應讓他坐立難安，但仍然想替岳格平反。

「我身為岳格學長的貼身助理與祕書，我最清楚他的工作情形，我認為你們不應該隨意下定論。」樓夏環顧眾人一眼，態度相當堅定。

就在樓夏以為可以制止這些人時，卻換來更大的笑聲。每個人都在笑，但是樓夏頓時不能確定他們是在笑自己還是笑岳格，讓他的心情非常糟。

「樓夏你真的太天真了啦！岳格說不定都是偷偷幹壞事，你當然不知道。」有人拍拍他的肩膀笑道。

「是啊！你真的以為自己很懂岳格學長嗎？唉唷……你要學著狡猾點，武神是很辛苦的工作，我們如果不從中努力撈到好處，可是很難在人界存活的。」女武神遞給了樓夏一杯冷飲，帶著幾分揶揄的口吻說道。

樓夏聽著這些笑聲感到頭暈目眩，這些人動搖了他一直以來的信念，對於武神的使命感正在被摧毀。

所有人不停說著岳格學長並沒有樓夏心中那麼崇高，也表明自己做了哪些鑽漏洞的非法事蹟。樓夏不知該怎麼面對這一切，覺得胸口傳來一陣刺痛，以及一股寒意襲來。

他不明白這是什麼狀況，只曉得身體好像被一股汙濁的氣息包圍。樓夏看著這些笑個不停的武神，心中的疑惑怎麼也壓不下去。

他好像誰也不能信任了，人界和天界遠比他想像的還要汙穢——

好痛苦，自己究竟為何而來呢？樓夏越來越困惑。武神這個職位，似乎沒有想像中的崇高……

第六章

夜裡，正在執行任務的岳格覺得今天的風特別大。同時他覺得樓夏有點古怪，處理掉那些源源不絕的心魔的過程很順利，樓夏的技巧也越來越好，但是就是太安靜了，讓岳格頻頻望向他。

直到解決掉今晚最後一尾黑蛇，岳格站在街道轉角處，一邊擦拭著自己的長刀。他想看看樓夏的狀況時，恰好與對方對上眼，岳格覺得有些尷尬，輕咳幾聲立刻低頭繼續擦拭長刀。

「岳格學長，我今天是不是表現得不好？」樓夏已經將長槍收好，整理剛才因為動作太激烈而翻開的衣領，單純又誠懇地問道。

「你今天表現得很好，甚至是最好的一次。」岳格不太自然地說著，目光仍然在少年身上流轉。

「可是你一直看著我，而且眼神很奇怪。」

「沒事，只是覺得你今天狀況真的不錯，想多看幾眼。」岳格平靜地安撫他，同時仰頭看著所有化為塵埃的心魔被天界回收完畢，又對樓夏說道，「你早點回去休息，我還有其他事情要處理。明天一早你要跟我出差，別忘了。」

「是，學長再見。」

樓夏的疑惑被岳格不著痕跡地忽略。兩人的互動不如兩個月前的熱烈，但是平靜有默契的合作，對雙方來說是現在最好的相處模式。雖然樓夏像是被現實折磨過一般，當初的天真與熱誠已經消失，但是凡事認真的性格不曾變過。

岳格看著他遠去的身影突然覺得，當時的樓夏比較可愛，竟讓他感到懷念。直到確定看不見樓夏，他摸摸自己的脖子低語：「那傢伙的狀態不太穩，怎麼會出現心魔的徵兆？」

岳格摸了摸剛收好的長刀刀柄，神色凝重地想了許久，「如果有跡象，得必須趕快處理掉了……」

岳格懷著不安，希望一切只是他的誤判。可惜當天深夜，他感受到樓下傳來不安穩的氣息，以及強大的心魔即將化為黑蛇的徵兆。

已經換上休閒服準備就寢的岳格，單膝跪在客廳，一手貼著地板。掌心傳來奇怪的氣流，像是數千根針在下方流竄，這些全都還是不具威脅性的小蛇，但是一旦凝聚起來就會成為威力極強的心魔。

「這傢伙，這一個月以來到底發生什麼事了？」岳格站起身，踏了踏腳下發現力量越來越強烈。他思忖一會回到臥房打開衣櫥，看著藏在角落的一把長刀，與他平常執行任務的款式相同，只是尺寸稍小了些。

「真麻煩，任務以外得動用這把刀不是好事。」岳格小心地拿起那把長刀，手掌撫過整把刀身後，刀刃發出了淺黃的光芒。他順手將披散的頭髮束起，像是某種儀式似地摸了摸左耳耳環，做好準備後轉身離開住處。

此時正在臥房休息的樓夏意識昏沉地望著上方。他一直睡睡醒醒，只要閉上眼就會夢見奇怪的夢境，身旁坐著許多剛認識的年輕武神，每一個都露出貪婪的笑容算著錢，他們對於武神的工作毫不關心，只有樓夏擔憂著坐在這裡似乎不妥。

他想起身離開，卻覺得像被綁了鐵塊般動彈不得。他聽著錢幣碰撞的聲音、嘲笑天界和人界的聲音，身心感到非常不舒服，甚至發現眼前的視線開始模糊了起來，像是被一堆黑色濃霧纏身，他很痛苦，但是不曉得發生了什麼事。

「我在做惡夢，我必須醒來……」他努力掙扎著掀動眼皮後，終於睜開眼卻全身都是冷汗。

「到底怎麼回事……」樓夏發現自己無法起床，費了很大的力氣才轉過頭，驚見自己無法移動的手被黑蛇纏繞，他震驚地看著那些數不盡的黑蛇。

「這是我的……心魔？」樓夏被眼前的光景嚇壞，想著必須快點起身拿取小刀殺掉這些心魔。武神產生心魔並不是奇怪的事，但是足以造成他無法動彈是前所未有的狀況。

「糟糕……我得快點，否則會被吞噬。」樓夏仍然努力掙扎，但是無論怎麼做都無法改善。他甚至眼睜睜地看著一尾手指粗的黑蛇在身上攀爬，試圖鑽入自己的心臟，一股足以致命的疼痛隨之襲來，他的呼吸越來越困難，此時樓夏開始感到絕望。

「我快要死了嗎？」他一開口才發現自己的聲音非常虛弱，視線越來越模糊，幾乎快要睜不開眼。甚至可以清楚感覺到這副肉體越來越虛弱，胸口的小黑蛇越來越多，它們的目標都是心臟，都在試圖鑽進裡頭。

「啊……原來是這樣，我真的是失職的武神……」樓夏難受又自責地低語，眼角泛著淚水相當沮喪。

「為什麼會變成這樣呢？是因為被那些武神的種種行為影響嗎？」樓夏昏沉地想著，腦海中卻冒出一個人，那個能在人界遊走五百年的岳格。

「岳格學長這麼厲害，他看過的一定比我還多，卻可以繼續待在這個職位，相較之下我一年不到就變成這樣……我真糟糕，爛透了……只不過是因為失戀就被心魔吞噬，真的是太失格了……」樓夏絕望地閉上眼，心臟被心魔鑽洞的痛楚依然不停襲來。

他放棄了掙扎，想就這樣迎接死期，「我是個失職的武神……」

然而就在此時，樓夏發現脖子襲來一陣金屬的冰涼感觸。

「怎麼回事……」樓夏困惑地睜開眼，模模糊糊地有個人正在望著他，熟悉的長馬尾在眼前掃過，那帶點紅的髮絲在這一刻像是沾了血。等到樓夏集中意識才發現是岳格，對方手握著一把他沒見過的長刀，冷著一張臉居高臨下地看著他。

「岳格學長……？」樓夏沒想到岳格會出現，呆滯地望著他。

「你快被自己的心魔吞噬了。」岳格毫無感情地說道，並用刀尖撥掉擋住樓夏視線的小黑蛇。

「……我會死嗎？」樓夏虛弱地問著。

「大概快了。」岳格微微擰起眉，不斷除掉攀上樓夏臉部的小黑蛇。

「所以岳格學長也會像對待之前帶過的學弟一樣，殺了我嗎？」

岳格沉默幾秒後才說：「是成因跟你提的？那傢伙真多嘴。」

他低聲咒罵了一聲，看見不少小蛇依然往樓夏的胸口鑽動，挑起刀尖又撥掉好幾隻。

樓夏的意識越來越模糊，甚至覺得有些細如髮絲的心魔已經鑽進他的體內，層層捆住五臟六腑。陣陣襲來的疼痛讓他感到麻木，心想著死亡大概就是這麼一回事。尤其當樓夏看見岳格舉起長刀，似乎是準備朝他的心臟刺下，竟然忍不住露出微笑，此舉卻讓岳格停手了。

「你在笑什麼？」岳格對樓夏這抹笑感到非常不舒服，神情相當慘白。

「能死在我崇拜的偶像手中，我很榮幸……」樓夏的音量極小，幾乎流失所有力氣了。

岳格沒有說話，臉色鐵青更像是憤怒，高高地舉起那把刀就往樓夏身上砍。

樓夏平靜地閉上眼，已經做好心理準備迎接死亡的到來。當那把長刀碰觸胸口時襲來一陣劇痛，他竟不覺得難受，甚至認為這是曾經以武神身分活過的證明。

然而這股痛逐漸超乎樓夏的想像，他難忍地微微睜開眼，卻看見岳格一臉心疼的表情，這與他想像中的不一樣……

樓夏本以為岳格會面無表情地結束這一切，卻看見對方不捨的樣子，甚至俯身摸摸他的額頭。他還想對這位尊敬的學長說點什麼，但是已經無法集中精神，眼睛一閉終於落入了無盡的黑暗之中。

「身上的燙傷很嚴重，這些都是心魔引起的？」

樓夏意識混沌了許久，突然聽到一個陌生的女性聲音，更感覺到有人在他身上撫摸，像是在上藥，此外還聞到了一股刺鼻的藥水味。他想一探究竟，但是整個人疲累不堪無法睜眼。

「這些會痊癒嗎？」

岳格的聲音就在不遠處，語氣平靜地問道。

樓夏努力許久依舊沒力氣睜開眼，心裡更感到不解。他不是應該死了嗎？為什麼還聽得見岳格的聲音？

「會，但是難免留疤。雖說武神身上有疤痕不稀奇，但是這也太嚴重了，他差點被吞噬了吧？」女性的聲音無奈地說道。

樓夏感覺上藥的動作停止，但是全身刺疼的感覺卻依然存在。他竟然還活著？岳格為了徹底清除心魔，應該已經把他給殺了才對。還是這些都是死後的幻覺？

樓夏越想越奇怪，試圖想睜開眼卻徒勞無功，疲倦讓他的肉體拒絕運轉，像是現在只想徹底睡一覺似的。

「他遇到了一些事情，我已經找成因問清楚了，那傢伙被我臭罵一頓。」岳格的語氣相當冰冷，那名女性又是一聲嘆息。

「成因怎麼還是老樣子，唯恐天下不亂……這孩子身上的傷太重，我會幫他申請病假，大概兩週的時間不需要執行任務。」

女性的語氣很溫柔，讓樓夏好似得到撫慰，他想看看對方到底是誰但仍然無法睜眼。

「謝了，讓樓夏休息也好。」

「我先去忙別的事情，你也差不多該解除對他的限制了吧？我看這孩子已經醒了，你卻用術法讓他起不了床。」那名女性笑了笑，便慢慢地遠去。

樓夏突然感覺像是被解開一道鎖，聽見一陣清脆的鈴聲後便順利睜開眼。下一個瞬間他卻被岳格略顯憔悴，帶著血絲的細長好看丹鳳眼、下顎帶著鬍渣的模樣嚇到了。

「岳格……學長？」

樓夏因為長時間沉睡口乾舌燥，聲音相當嘶啞。岳格一聽就轉過身拿起礦泉水，不但替他轉開瓶蓋還插上一根吸管，親自餵到樓夏面前。

樓夏受寵若驚地張嘴喝幾口才說：「我沒有死？我不是被你殺了？」

「我有說要殺你嗎？」岳格沒好氣地狠瞪他一眼，樓夏這下更加迷惑。

「可是成因說，被心魔吞噬的武神只能殺掉……」

「那都是幾百年前的作法，早就過時了。」

「可是……」

樓夏還想解釋，木門卻突然被推開，一個留著即肩長髮、有著清麗模樣的中年女性探進房內。

「你醒啦？太好了，晚點我會再過來觀察一下你的狀況。還有啊，這裡是為在人界活動的武神設立的醫療所，有任何任務造成的大小傷勢這裡都能處理。我是負責管理此處的武神官，與岳格同屆早幾年通過封神測驗，我叫美尋。」美尋的笑容與嗓音非常溫柔，讓樓夏一下子就消除了戒心，連忙向她道謝。

「美尋學姐，謝謝妳……」

「你該道謝的是岳格，當初這個單位是他爭取的，嚴格來說是創辦人喔。」

「咦？」樓夏震驚地看著岳格，對方卻一臉嫌惡地瞪著美尋。

「妳從剛才就一直躲在外面偷聽，對吧？」岳格咬牙問道。美尋笑得溫柔，但一副想看戲的模樣實在太過明顯。

「我只是覺得你一定不會解釋，所以要替你說明啊。」美尋瞇起眼睛笑道。

「不需要。」岳格嫌惡地搖搖手要她快走。

「那就不打擾了，反正我該說的都說了，剩下的……樓夏，你可以問問岳格。」美尋扔下這句話後便腳步輕盈地離開病房，留下一陣尷尬的氣氛讓兩人收拾。

岳格別過頭不理會，樓夏則有點可憐又有點好奇地望著他的側臉。

「岳格學長，到底怎麼回事啊？我不是應該死了嗎……」

「別一直提死這件事！我不想再聽到這個字眼了！我都說了，那是幾百年前的老方法，是當初因為天界的武神制度太差，所以我聯合幾個已經封神的學長姐，弄了這個醫療所。這裡任何傷勢都能治療，包括心魔吞噬的問題，總之就像動手術一樣，會有母蛇帶領大量的小黑蛇，先把母蛇找出來處理掉就能解決被吞噬的危機。以前就是不知道這個原理，才會導致不少武神犧牲。」

「原來是這樣……為什麼我們都不曉得這件事？」樓夏愣愣地看著岳格，對方則依然迴避他的注視。

「因為能不用到就不用，醫療所的資源不充足。但是如果一旦真的碰上自己無法癒合的傷勢，就會有武神帶你來治療，這是我們這些學長姐們的共識並傳承下來。」

岳格沉默一會後終於願意轉頭面對樓夏，但是一對上那雙帶著委屈還水汪汪的雙眼，不禁倒抽一口氣才說：「成因那傢伙話只說一半，分明就是想鬧事，我絕對要找個時間教訓他。」

「成因學長怎麼會這樣做……」

「他就是太閒了淨想惹事，還有你也別和在地下咖啡廳認識的那些人往來了。」岳格看了樓夏全身一眼又說，「你的傷勢不輕，醫療所的病房有限，按規定你明天就得離開這裡。這段時間就去我住處的客房待著，我得看著你到痊癒為止。」

「咦？去你家住？」樓夏一聽嘴巴大開，以為聽錯了。

「怎樣，不願意啊？你不願意也無法拒絕，我已經把你的東西都搬進客房了。就那點東西，你這陣子到底怎麼生活的？當武神也要知道怎麼當人好嗎？」

岳格想起今天幫樓夏搬家的情形，居然只需要一個紙箱就能解決，害他一度反省自己是不是太虧待樓夏。

「我不是這個意思，但是我記得你不太想要我介入你的生活……」樓夏在岳格的注視下越說越小聲。岳格的目光實在太可怕，但他摸不透到底哪裡說錯，畢竟這都是對方曾說過的事實。

「規則可以改，又不是天界戒律，這麼嚴格要求做什麼？」

「是……」樓夏像被挨罵一樣低著頭。岳格看了一眼實在於心不忍，悄悄伸手撫摸他的頭，這個舉動讓樓夏猛然抬頭露出驚訝的眼神。

「先睡一覺吧，你身上的傷很嚴重，到晚上癒合的階段就知道痛了。」岳格沒有理會樓夏的驚訝，看了看時間起身準備離開。

樓夏感受到岳格真誠溫柔的對待，與之前想嚇跑他的詭異行為不同，這讓樓夏心中湧起一股更強烈的崇拜與愛意。尤其經歷這些險惡的事情後，他知道岳格只是愛賺錢罷了，並沒有那些人說的那麼壞。

「岳格學長。」樓夏看著那樣挺拔的背影，趁著對方就快關上門離開前喊了聲。

「嗯？」岳格回過頭看見樓夏那雙感激的眼神，再次倒抽一口氣。不知為何他越來越喜歡少年的這副表情，可愛又真誠……他發覺自己在胡思亂想，連忙回神故做鎮定。

「謝謝你，你真的好帥……」

岳格一聽竟然無法克制地臉頰發熱，像被火燒一樣，「你真的是……算了，就是這點讓我很難討厭。你好好休息，天亮我就接你回家。」

岳格連忙關上門後忍不住拍拍臉頰，熱度很快退去後，腦海中全是樓夏那小子誤以為即將死去向他道別的哀傷模樣。

他埋首往前走著，卻怎麼也揮不開那些記憶，最後在醫療所門口停下深深地嘆了口氣低語：「這種事我絕對不想再經歷第二次了。那個小子是笨蛋嗎？居然這麼輕易就接受死亡，我可不同意，不同意……」

岳格不曉得自己怎麼了，只曉得得把樓夏盯緊一點，深怕一個閃神他就會失蹤。

樓夏則對於岳格的態度變化感到不適應，他離開醫療所住進岳格家已經第二天，因為傷勢嚴重迎來兩週的假期，就連白天也被批准病假。現在樓夏整個人就像個廢人一樣，被養在岳格家裡。

由於四肢的外傷還在癒合中，岳格禁止樓夏隨意走動，能坐就坐、能躺則躺。至於家裡的一切都隨他使用，冰箱的食物也都能盡量吃。被這麼高規格款待的樓夏，相當地害怕。

「學長對我太好了……這麼好，好像前兩週的相處都是夢一樣，到底為什麼態度會突然變這麼多？」

樓夏坐在沙發上，精神萎靡地打了個哈欠。

他已經從早上坐到現在，岳格還在他面前放了不少食物，一副怕他餓到的樣子。而且樓夏只要偶爾離開位子走動，馬上就會收到岳格的手機來電，半威脅半哄騙著要他乖乖坐好。

「岳格學長一定用了術法監視我……」樓夏困擾地環顧四周，實在是接對方的電話接到會怕了，絲毫不敢輕舉妄動。

「岳格學長變得好奇怪，以前明明不怎麼管我，現在連走路睡覺都要管，甚至連洗澡……」樓夏一想起昨天岳格堅持要幫他洗澡的情況，臉頰一陣發紅。

樓夏身上還敷著紗布的確不方便碰水，不過他認為可以自己處理，然而岳格說什麼都不通融，直接在浴室裡脫掉了樓夏的衣服。儘管留了一件平口褲守住私密部位的尊嚴，但對樓夏來說，這般近乎裸體的狀態仍然太過羞恥。

「啊，這兩週變得好難熬喔。雖然很高興學長對我這麼好，但是又好怕是什麼壞事的徵兆……還是說，其實我這個傷根本好不了快死了？學長只是不願意讓我知道真相？」

樓夏一想到這個可能性，整個人又垂頭喪氣了起來，就連岳格為他叫來當晚餐的外送也沒心情吃。

當然這個異狀很快就被發現，正在外頭忙著工作的岳格，透過監視的術法發現樓夏縮在沙發上望著晚餐發呆，立刻中斷工作撥通電話過去。

「喂……」樓夏有氣無力地喊了聲。

「怎麼不吃晚餐？」岳格相當不開心，尤其一聽樓夏鬱悶的語氣忍不住問，「是身體哪裡不舒服嗎？」

「沒……」此時樓夏卻是往右倒下，整個人縮成一顆球躺在沙發上。

「不然呢？還是不滿意晚餐？不想吃那些大可直接跟我說。」

「岳格學長，我是不是快死了？」樓夏抱著膝蓋，一副快哭出來的語氣問道。

「啊？你在說什麼？」岳格不明白他為何突然又來這齣，反問的音量更大了些。

「是不是我其實真的快死了？畢竟我受了這麼嚴重的傷。還有我犯下這麼大的錯，應該要受天界懲戒，可是你卻沒有把我呈報上去……我已經沒救了對吧？」

岳格聽著樓夏這些莫名其妙的猜測，一股惱火從心裡深處竄出，但又不想讓事情變得更嚴重，不停地深呼吸又吐氣，壓抑住情緒後才說：「並沒有這種事情，你只要給我乖乖吃完晚餐，就可以多活五百年，現在、快給我吃！」

「喔……」樓夏雖然被鬱悶的心情搞得食欲全無，但是岳格的威嚴更勝他現在的心情，還是乖乖動筷吃下那些晚餐。

岳格透過術法確認樓夏已經吃下晚餐，又叮嚀幾句後才結束通話。

然而樓夏的心情並沒有因此好轉，反而越想越多。直到深夜岳格結束武神任務返家時，發現他不但醒著，還坐在沙發上一動也不動的樣子，感到非常不解。

「你在做什麼？休假兩週可不是讓你這樣亂用的，快回房間睡覺。」

樓夏無神地望著他，好像全身的氣力都被抽乾。岳格覺得不對勁，立刻走上前確認。

「是不是哪裡不舒服？傷口裂開了？我現在就送你去醫療所。」岳格摸著樓夏的身體擔心有任何差錯，畢竟美尋說過他當初的傷幾乎足以致命。

「不，我沒事。我只是覺得，岳格學長你為什麼不把我送回去天界懲戒？」

「你工作幹得好好的，我幹嘛送你回天界懲戒？」岳格想了想，伸手摸樓夏的額頭，心想並沒有發燒啊。

「我果然快死了。」樓夏聽完岳格的回答，又下了這個結論。

「你在胡說什麼啊，還是根本痛到神智不清了？先送你去醫療所好了。」岳格覺得越來越無法理解這個總愛胡思亂想的孩子。

「不用啦，我沒事。」樓夏緩緩坐起身，一臉委屈地仰頭看著焦躁的岳格。

「沒事？沒事幹嘛突然想這些根本沒有的事？」

「那、那你為什麼對我這麼好？」

「啊？」岳格像是被揍了一拳，頭有點暈，緊接著一股怒氣湧了上來。正要發作時又對上那雙無辜的眼神，他只好努力將所有怒氣壓回體內深處。

「對你好居然是這種反應，到底是什麼奇怪的邏輯？之前想嚇跑你沒用，現在看你生死關頭走一遭，想對你好一點又不行？你以前到底是過什麼生活？」岳格雖然壓下了怒氣，但是說話的口氣還是有那麼一點抱怨。

「普通的生活……」樓夏輕聲解釋，不敢再提覺得可能快死掉的想法。

「剛剛的事情我就當作你在說夢話，來吧——我帶你去洗澡。」

樓夏一聽到要洗澡，整張臉一皺尷尬地低語：「我可以自己洗啦……」

岳格不說話，伸手輕輕戳了戳樓夏手臂上的傷口，換來他低聲喊痛。

「身上的傷這麼多，你連自己擦身體都有難度。走，跟我去浴室。」

「哎，可是……」

樓夏沒有辦法拒絕，就這樣被岳格拎進浴室。有了昨天的經驗，岳格等他自行褪去衣物。樓夏摸著自己僅剩的平口褲，猶豫地望著岳格。

「脫啊，我不看就是，自己用毛巾擋著。」岳格知道樓夏的為難，扔了一條大毛巾給他後，帥氣地轉身等他完成後續的動作。

岳格聽著一陣動靜後，慢慢地傳來樓夏的聲音，「岳格學長，我好了……」

「喔？」岳格立刻轉身。

樓夏縮著肩膀，腰腿上蓋著大毛巾遮住前面，但是完全遮掩不了赤裸的身後。僅有臀部被看見是樓夏尚能接受的範圍，他在意的是那些像是被火燙過的疤痕。畢竟武神的肉體恢復損傷的速度很快，但是疤痕注定會永久留下。

岳格沒有什麼其他的心思，真的只是想幫樓夏擦乾淨而已，倒是樓夏縮著肩膀全身不自在。一想到這樣的情況還要持續到樓夏痊癒為止，岳格不禁暗暗叫苦。

「對了，你今天起就正式跟我住吧。」岳格已經替他擦乾淨，遞上乾淨衣物時順口說了句。

「為、為什麼？」樓夏原本慢條斯理地在穿衣服，一聽到這個指令嚇得轉身詢問。

岳格正背對著他，很是尊重樓夏之前提出的隱私要求。這樣帥氣寬闊的背影讓樓夏有些著迷，明白自己骨子裡還是很喜歡這個人。就算兩人的關係越來越詭異，最初那份愛意還是沒變。

「剛好有個朋友為了工作要搬家，需求地點離這裡很近，我想了一下決定租出去。反正我這裡夠大，你的東西不多也早就全搬過來了，從今天起就直接住下吧。」岳格停頓了一下又問，「你穿好了嗎？」

樓夏還處在對於這項決定的震撼中，被這麼一問隨即回神說道：「穿好了。」

岳格這才轉過身，目光溫柔卻總帶有幾分憐憫。就是這種眼神令樓夏懷疑自己是不是快死了，才會讓這個男人突然轉變心境對他非常好。

既然不是快死了，那麼是什麼原因呢？短短幾秒的對視裡，樓夏滿腦子都是這個疑問。

「我扶你回房間去。」岳格將樓夏扶起，兩人小心翼翼地往客房走。岳格將人安置在床上後還替樓夏調整姿勢，讓他可以完全躺在床上。

「以後這裡就是你的房間，有缺什麼跟我說，再幫你補。」

樓夏看著這間剛住不久的臥房，對於一連串劇烈的變化有點適應不良。然而岳格還沒交代完，不待樓夏消化剛剛那番話，緊接著又說道：「等你痊癒後，就一起出發執行武神任務，不用再另外約地點會合。反正都住在一起了，這樣做多此一舉。」

「喔、喔……」樓夏恍惚地直點頭。

岳格又看了他全身上下一眼，並輕輕地摸摸樓夏的手，「好好休息，別胡思亂想那些有的沒的。我明天一大早就有工作要處理，會先幫你叫好三餐，你要按時吃飯知道嗎？」

「知、知道……」

岳格見樓夏乖巧的樣子，滿意地點點頭，跟他道晚安後就關燈關門，讓他能安心休息。

樓夏將被子蓋在口鼻上，只露出一雙困惑的眼睛，望著天花板那盞切換成夜燈模式的小吊燈。岳格的轉變很大，不客氣的態度裡藏著細緻的溫柔，讓樓夏心頭感到一陣飄飄然。

但是為什麼呢？樓夏想了許久，唯一能解釋的就是自己身上還帶著傷，岳格學長本來就不是那麼壞的人，種種舉動都可以用同情憐憫來解釋。

「大概就跟我想的一樣吧……雖然感覺很不真實……」樓夏小心地翻過身，

將自己埋進床被的更深處。他覺得這些美好都像是一場夢，深怕明天醒來一切又會恢復原狀。

幸好醒來之後一切並沒有變。兩人的互動也逐漸有了一種默契，樓夏也逐漸接受原本很抗拒的擦澡。在樓夏受傷的七天後，岳格親自開車送他回醫療所換藥。

「你先躺著休息一下，我要跟美尋談點事情。」岳格陪著換好藥，扔下這句話就轉身離開。

樓夏很聽話沒有亂動，他知道如果不安分的話會招來岳格的碎念，也實在不想再體驗，所以順從是最好的解決辦法。他覺得身上的傷其實好得差不多了，盤算著再過幾天就能自己處理生活起居，一邊期待一邊意識逐漸恍惚，睡意漸濃的時候聽見門外傳來熟悉的聲音。

「唷岳格，你怎麼來這裡？醫療所又缺錢需要你補嗎？」成因輕浮的口吻竄進樓夏的耳裡，看來岳格與美尋就在診間外頭談事情。

「並不是。既然你來了，恰好把事情解決。」岳格聲音很冰冷，樓夏聽著也一陣顫抖。

「你的表情好恐怖，我不要。」成因感到危機，立刻拒絕。

「還知道會怕啊？你下次再帶樓夏去那些奇奇怪怪的地方，我一定教訓你！」岳格又喊道，顯然是想替樓夏出氣，但聽起來卻更像是在保護被欺負的孩子。

「我只是帶他去見見世面，你才是到底怎麼了？以前對樓夏不聞不問，現在護得跟塊寶一樣，我真猜不透你。」成因毫無反省之意，回應更是帶著嘲諷。

岳格瞪著他許久，直到成因自己怕了，回說：「好、好，我的錯我的錯！」

「很好，要是再讓我知道你誤導樓夏，我會直接在考核備註欄裡把你這五百年來的罪狀全寫出來，讓你被扣分扣到貶為凡人為止。」

「你還真夠狠的啊……」成因苦笑了聲，只能妥協於岳格。

「你來幹嘛？」岳格的語氣還是不怎麼友善。

「我來拿藥，我指導的學妹最近狀況不太好，想拿點安神的藥品，不然晚上執行任務時經常分神也不是辦法。」

「你等等，這就去準備。」美尋一聽馬上應允。

岳格嚷嚷著事情還沒談完，轉身就想跟著走。成因卻在這時叫住他：「岳格，等等——」

「你又想做什麼？」岳格顯然不怎麼友善，但還是為了他停下腳步。

「那孩子在裡頭？」

「嗯，剛換完藥在休息。」

「方便讓我進去探望嗎？」

岳格沉默了幾秒顯然不太願意，掙扎了許久才說：「可以，只准看不准做多餘的事，不可以說多餘的話，我等等會跟他問清楚。」

「好、好，什麼時候看得這麼緊？」成因一再保證，終於獲得首肯後才悄悄推開門，探頭向樓夏打招呼。

「成因學長，你好。」樓夏早就猜到他會來，已經坐起身淡淡地笑著。

「傷好點了嗎？」成因慢慢鑽進診療間。直到岳格的腳步聲已經走遠，他這才鬆口氣關上門，拿起靠牆的椅子到病床前坐下。

「好很多了，謝謝關心。」樓夏拘謹地道謝。畢竟剛才的對話他全聽得一清二楚，為了不讓岳格有疑慮，他自己先對成因保持距離。

「好啦！前些日子以為帶你多見見世面才好，結果反而弄巧成拙。」成因充滿歉意地嘆口氣又說，「岳格把我罵得好慘，我沒見過他發這麼大的脾氣。」

「啊……好像可以想像。」樓夏苦笑著，一副欲言又止的樣子馬上被成因察覺。

「怎麼了？一副心事重重的樣子。」

「成因學長，我想問……我發生這種事，天界應該會知道吧？」

「畢竟你都請假兩週了，天界一定會要岳格說明，但是以他的資歷大概能將懲罰降到最低。」

「果然……」樓夏憂慮的神情又更明顯了。

「別擔心啦！岳格雖然會受到一點牽連，反正他也不是沒經驗，倒是你好好休養才重要。」成因看著這個年輕武神又開始陷入自責，還是忍不住安慰個幾句。

「成因學長，可不可以請你幫我一個忙？」

「嗯？」成因看他小心翼翼鬼鬼祟祟的模樣，想起剛才某人的叮嚀，略微猶豫地說，「你先說你要做什麼？」

樓夏將手摸向褲子口袋，掏出了一張對折好的黃色紙張遞給成因，「這個是自省懲戒書，成因學長能幫我送交到大界嗎？」

成因拿過那張黃紙，打開看了一下內容。內容是關於這次事件的說明並申請懲戒，同時還幫岳格撇清責任，打算自己承擔所有的問題。

「你怎麼不拿給岳格處理？」成因突然覺得手上那張紙簡直是燙手山芋。

「岳格學長一定不會收，而且可能會當場撕掉。」

「你都知道他會怎麼做，還給我這麼麻煩的東西？就不能當作沒這回事，好好養傷嗎？」成因伸手彈了一下樓夏的額頭，對於他過於正直的性格實在很是困擾。

「不行，我良心過不去，我不能給岳格學長添麻煩。」樓夏充滿愧疚地低著頭。成因見他這個樣子，最終還是答應下來。

「好吧，我會幫你處理就是了，你好好休息吧！」成因收好那張懲戒書，又拍拍樓夏的肩膀安撫一番，才慢條斯理地離開診間。

成因剛關上門，就看到岳格靠著牆臉色陰鬱地看著他。

「他剛剛給你的東西，給我。」岳格伸出手不客氣地說道。

「果然全被你聽到了。」成因毫不留戀地將那張懲戒書塞到岳格手上，不斷搖頭說，「我在那孩子心中的信用程度越來越低了。」

「你本來就沒什麼信用，沒差這一回。」岳格打開懲戒書看了一下後，隨意地塞進口袋裡，表情越來越難看。

「他也是為了你，所以你們可別鬧太僵。」成因看岳格一副想殺人的眼神，竟也感到一絲害怕。

「我會處理。」

「話說你這是怎麼了？他之前想靠近，你就後退；現在換你想靠近，他卻也後退。幹嘛？你們在欲擒故縱喔？」成因看岳格越來越差的臉色，忍不住搖頭。

「你在亂講什麼？」岳格陰沉的反應讓成因不禁勾起笑容。

「我亂講什麼？喔，我還是好心提醒你一下好了。」成因伸出手指輕戳他的胸膛，這個舉動讓岳格一臉不舒服地拍掉成因的手。

「你喜歡上樓夏了，雖然才剛開始而已。沒想到你是屬於這種一下子就會栽進去熱戀的人。」

岳格面對成因的說詞竟然沒有反駁，而是困擾地注視著他。

成因笑了笑又拍拍他的肩膀說：「就看你打算怎麼辦了，想繼續欲擒故縱也不是不行啦。」

他丟下這句充滿戲謔的話語後，瀟灑地離開醫療所。

岳格則還呆站在原地，生平第一次對於自己現在的心境變化感到非常棘手。

第七章

兩人返回岳格住處時已經是晚上。

距離午夜十二點還有空檔，岳格就幫樓夏擦澡、準備晚餐。被細心照顧的樓夏換好乾淨的衣服，被要求坐在客廳沙發上等待，他看著岳格端著晚餐在自己面前擺盤的樣子，怎麼看都覺得有點不自在。

「好了，你吃完後就休息，我回來再收拾。」岳格擺好之後，在樓夏對面的椅凳坐下。樓夏在他的注視下不敢怠慢，乖順地捧起碗吃飯。

眼看距離武神任務還有幾個小時，岳格索性就坐在對面看著樓夏吃，在少年吞下一口飯後突然說道：「你知道武神申請自省懲戒會發生什麼事嗎？」

樓夏被這麼一問，舉著筷子僵在半空中不知所措地望著他。

「要遣回天界禁閉兩個月、重新實習一年，然後重新申請指導學長姐，不得重複選擇之前指導的前輩。」岳格平靜地說道。樓夏索性放下筷子，一臉懊惱。

岳格太清楚他的表情是什麼意思，接著說道：「我逼成因給我的，你要怪就怪我。」

語畢他將那張黃色的懲戒書放到兩人中間。

「我沒有怪成因學長……」樓夏說是這麼說，還是難掩打擊地垂下肩膀。

「我這麼細心照顧你，為什麼還是想離開我？」

「我、我沒有！」樓夏連忙喊道，看著岳格難得沮喪的眼神他心慌了。

「不然你執意要提出自省懲戒做什麼？」

「我只是覺得……應該為這件事負責任。」樓夏越說越小聲，因為對方的眼神簡直像要殺人了。

「負什麼責任？離開我就叫做負責任嗎？」

「我……呃……」樓夏愣住。他覺得岳格好像說了很不得了的話，但是被質問的當下腦袋嗡嗡作響，實在無暇思考太多。

「你到底想要我怎麼對待你？當我現在覺得可以留住你，你就想走？」

「我沒有想走，只是覺得應該為你做點什麼……」

「如果真的覺得想為我做點什麼，就給我每天吃飽睡好，等傷養好後一起執行武神任務。」岳格咬牙說完。看著樓夏呆愣的樣子，恨不得撬開這傢伙的頭看看腦袋是不是木頭做的，怎麼這麼死腦筋。

「嗯……」樓夏畏畏縮縮地看了他一眼，輕輕點頭。

岳格顯然對樓夏的反應還是不怎麼滿意，整個人停不下來細數了他一堆缺點，指責樓夏一來就是增加困擾、打亂他的生活、死腦筋又讓人不放心。

樓夏聽著肩膀越縮越小，心越來越慌，疑惑也越來越大，終於壓抑不住對著岳格大喊：「你到底又為什麼想把我留在你身邊啊？你一開始就超想趕我走，我現在順了你的意又要挨罵，我不懂啊！你對我這麼好，我真的覺得我應該是快死了，你才開始同情我吧？」

「同情？」岳格拔高音調，倒抽一口氣說道，「你竟然覺得我是同情？你也太糟蹋我的心意了吧？」

樓夏不明白他的怒火從何而來，無辜又不滿地吼道：「那你到底為什麼突然對我這麼好？」

「那是因為我喜——」岳格倏然停頓，無法將最後幾個字說出口，同時也被自己不曾察覺的念頭嚇到了。

「因為什麼？」樓夏沒有聽清岳格中斷前的那個字，只曉得他的情緒很詭異，不知怎麼應對。

「因為我就是想對你好。」岳格突然站起身，摸著左耳耳環試圖轉移話題。他喘幾口氣後，滿腦子都被自己剛才的念頭搞得思緒混亂，面對樓夏那雙無辜無暇的眼神，他無法說出實話。

「什麼……？」樓夏歪著頭，覺得岳格有說跟沒說一樣。

岳格臉色不怎麼好，他竟然覺得眼前這樣的樓夏可愛至極，應該抱抱他、安撫他才對。因為念頭越來越古怪，他決定先逃再說。

「我得準備執行任務了。」他假裝看了一眼時間，以強做鎮定的口吻說完後轉身離開，完全不給樓夏慰留的餘地。

樓夏就這樣傻傻地看著門被關上，幾秒後才回過神低語：「距離午夜明明還有好幾個小時……」

這一晚單獨出任務的岳格效率非常好。彷彿回到了剛下凡那一年，衝勁十足殺敵氣勢萬千，讓暫時遞補協助的後輩看得目瞪口呆，再度創下新的傳說流傳下去。

然而岳格才不管這些，他純粹是想發洩罷了。至於是要發洩什麼他一時也釐不清，只管先把這些心魔黑蛇毀掉，心頭那些混亂的想法還不需要找出答案。直到任務結束，整個街道乾乾淨淨甚至會閃閃發光。

「真是的，還是覺得不對……我到底怎麼了？」岳格站在街頭看著這一切，一陣冷風吹來，將他全身吹個通透。

他想起成因在醫療所對他說的那些話，說自己正要開始喜歡一個人的跡象，但岳格覺得並不是那樣……他只是覺得，現在已經不想讓那個傻小子離開自己。僅此而已！沒錯！管他什麼喜歡不喜歡……

「這也不是什麼多丟臉的事，承認自己的心情沒什麼好羞恥的，頂多被成因取笑而已！好，就這麼辦。」岳格像是突然想通，將長刀收好後，轉身一躍飛上天沒入黑暗裡，目標直奔自己家。

岳格很快就換掉身上的裝備，收好長刀返回住家。門一開便看見樓夏疏於整理、又明顯變長的頭髮亂翹，他裹著一條毯子半躺在客廳沙發上睡覺，像個稚氣未脫的高中生，一瞬間岳格心裡產生了飄飄然的好感。

尤其看到客廳矮桌上放了三盤裹著保鮮膜的熟食消夜，一看就知道是少年為他準備的。岳格的腦袋有幾秒是空白的，差點忘了這麼急切返家是為了什麼。

大概是他動靜太大干擾到熟睡的樓夏，對方還在養傷精神還不是那麼好，並未因此被吵醒而是發出幾聲囈語，這幾聲軟軟無防備的聲音終於勾起岳格的記憶，他連忙衝上前揪著樓夏的衣領。

「醒醒。」他輕輕搖了樓夏的身軀，不久之後樓夏迷迷糊糊地醒來，一睜眼就對上岳格那雙凝重的眼神。

「發、發生什麼事了？」樓夏頓時產生不好的預感，連忙想檢查他的身體，「學長受傷了嗎？」

「我沒受傷。」岳格的雙手扣住他的頭，強迫樓夏與自己對望。

「那、那，怎麼……」樓夏既困惑又緊張，心想不是受傷的話一定是發生什麼大事了。

「我想了一整晚，想把話說清楚。」

「什麼？」樓夏緊張得吞了口唾沫，岳格卻遲疑了數秒才接著說下去。

「你不是一直問我為什麼對你這麼好嗎？」岳格捧住他臉龐的力道稍微放鬆了些，語氣有著前所未有的溫柔，讓樓夏的心臟漏跳一拍。

「可是學長一直沒有跟我說答案。」樓夏輕聲回應，他不曉得接下來會聽到什麼，因此滿懷不安。

「你差點被心魔吞噬的時候，露出了欣然赴死的表情，讓我一直忘不了。」

「吞噬……我真的以為自己快死了。」樓夏對於撿回一條命，除了感謝更像是對武神一職的存在意義看得更透徹了。

「後來你就一直像是現在的反應，對於隨時都能犧牲已經毫不介意，甚至還要自省懲戒。你根本已經不在乎自己的死活對吧？」岳格此時語氣頗有怪罪的意思，樓夏支支吾吾許久，深怕被挨罵似地點頭，岳格隨即露出更凶惡的目光。

「岳格學長，別生氣……我、我已經打消送出自省懲戒書的念頭了，我只想要跟在你身邊努力消滅心魔，彌補我犯下的那些失誤……」

樓夏話語剛落，卻被岳格一個強而有力的擁抱打斷。岳格的舉動來得突然，兩人胸口相貼，甚至可以感受到彼此的心跳。

「學、學長……」

「你這傢伙真的是天生來剋我的……」岳格低聲咬牙抱怨，這下讓樓夏更加緊張。

「對、對不起，我又說錯話了嗎？」

「你沒有。」岳格此時又將樓夏抱得更緊，深呼吸幾次後才說道，「讓我說完。」

「是……」

「我只是想告訴你，經歷那件事後，我變得很怕可能會失去你。」

「咦……？」樓夏眼神呆滯，他從沒想過會從岳格口中聽到這番話。他忍不住偷偷捏自己的大腿，發現有點痛，看來不是夢。

「但我還沒釐清這是怎麼回事，我現在只想顧好你，等你痊癒。」

樓夏沒有回應，卻也眷戀又享受著對方的擁抱，岳格對他如此溫柔，是他從沒想像過的。他實在很怕這一切是不是一場夢，於是又開始捏自己的大腿，直到這次感覺更痛了才安心許多。

「你給我一點時間，我還不太確定這是怎麼回事。總之不是你快死了，也不是你犯了什麼錯，是我的問題。」

「嗯……」樓夏聽著告白，恍惚地想岳格學長真的想對人好的時候，原來是這種感覺。他在岳格的安撫下也不再那麼不安，悄悄伸出手回抱住對方。

這是樓夏第一次沒有被岳格推開，也是第一次覺得兩個人的距離好像變得很近，只不過雙方好像都還沒找到答案，所以僅止於關係界線變得模糊不清而已。

談完後岳格就催促樓夏回房睡覺，雙方各自在房間裡沈澱心情。

樓夏因為傷勢的關係，睡意很快就掩蓋過意識陷入沉睡，卻在恍惚時聽見房門被打開。他瞇著眼想看清狀況，但是實在太疲倦，只看到模模糊糊的一片。儘管如此，他還是知道來人是誰。

「岳格學長？」樓夏揉揉眼睛，隱約還看見他手裡拿著枕頭，頭髮任意散亂地披在肩頭、眼神相當嚴肅，他一時不太懂是什麼情況。

「你睡過去點。」岳格輕聲不帶任何情感地說道。

「嗯？睡……過去？」樓夏睡眼惺忪，意識模糊地看著神情嚴肅的岳格許久，在對方無聲的威嚇下往內側挪動，禮讓出一個空位。

岳格隨即將枕頭往那處放下，並迅速流暢地躺在那個位置，順便調整樓夏的位置與姿勢，兩人就這樣窩在不算大的單人床上。

樓夏回過神時，才發現自己被抱在岳格懷裡，臉頰貼在他的胸膛上。

「好，睡覺。」岳格滿意地捏了捏樓夏的肩膀，還梳開他前額的瀏海，親吻他的額頭後，發出舒服的喟嘆閉眼沉睡。

樓夏還睜著眼，幾秒後才意識到現在是什麼狀況。

他們現在居然抱在一起睡覺？為、為什麼？到底發生了什麼事情？

「岳格學長……你房間的床壞了嗎？」樓夏努力想了一下，只想到這個可能性。

「沒有，好的很。」岳格說完後又用嘴唇碰碰他的額頭，似乎相當滿意。

樓夏早就被嚇得睡意全失，扭動一會後又說：「這樣的話，學長為什麼要跟我睡？」

「我剛剛睡不著，現在抱著你又能睡得著了，我覺得不錯。」岳格閉著眼語氣毫無起伏地說道，卻感受到懷中的人身軀僵直不知所措。

「放鬆，睡覺！我又不會吃了你。」岳格說罷，不怎麼開心地拍拍樓夏的臀部。

「唔……喔……」樓夏老覺得哪裡不對勁，但也沒有拒絕的想法，就這樣陷入沉睡。

令樓夏意想不到的是，之後兩人就一直是同床共枕的狀態。岳格把他照顧得很好，擦澡換藥時都會親吻他、抱抱他，兩人始終沒有更進一步，但是關係卻在不知不覺間越來越親密。

岳格心想這樣遲早會擦槍走火，只是他現在仍然很努力地忍耐。直到為期兩週的病假結束前一天，他的隱忍在當晚完全破功。

深夜樓夏在臥房只穿著一件平口褲，仔細地審視身體。岳格就坐在床邊漫不經心地看著他，等著午夜出門執行武神任務。樓夏已經習慣在岳格面前近乎裸身的模樣，甚至還在他面前展示自己痊癒的身體。

「岳格學長，你看全好了！我今天可以自己沖澡，不用麻煩你幫我擦澡了。」樓夏低頭看著全身，開心地說道。

「嗯。」岳格輕嘆一聲，換了個姿勢直接側躺在床上，神情慵懶。

「啊……不過身上這些像是燙傷的疤痕，永遠去不掉了對吧？」樓夏轉身看著牆邊的全身鏡，發現背部有大片的傷痕頗感惋惜。

他接著又低頭看看大腿內側，這個姿勢很醜，但是從岳格的角度能完全看到樓夏兩腿內側。雖然還有布料擋著，但是屬於男性性器突出的痕跡表露無遺。

彷彿身處搖滾區觀眾的岳格，竟不禁感到口乾舌燥，為了掩飾自己的怪異情緒還輕咳了幾聲，但是目光仍然追著對方的腰腿不放。

「啊……不知道美尋學姐有沒有去疤的藥膏，這樣感覺好難看。」樓夏這時背對岳格翹著臀問道，「學長，這樣很醜吧？」

「並不會。」岳格這時才驚覺自己居然緊盯著樓夏的屁股不放，尤其少年的脊椎到腰窩處，更讓他產生了想摸摸看的強烈念頭。

「真的嗎？不過還是好怪……」樓夏很介意全身都是疤痕的樣子。岳格則終於受不了，起身抓住少年往床上推倒。

「咦？學長，怎麼了嗎？」樓夏一陣暈頭轉向，才發現自己已經躺在床上，雙手還被岳格壓在兩側，抬頭與他對視。對方的長髮垂落在面前，蹭過鼻子時有些癢，同時覺得岳格的目光熱烈得嚇人。

「這些疤挺好看的，我不介意。」岳格盯著樓夏的臉、脖子、胸口，壓抑著情緒讓嗓子都啞了。

「反正也沒有人會看到對吧？」樓夏笑了笑。目光往下一掃，發現岳格的兩腿間有明顯的突起，他再怎麼缺乏經驗也曉得，對方好像……勃起了。

「你的身體不可以讓其他人看到，不然我就揍你。」岳格皺起眉再三警告，他無法接受少年在別人面前赤身裸體的樣子，光是想像就快被醋海淹沒了。

「喔……好……」樓夏順從地點點頭，不知為何呼吸漸漸變得急促。維持同個姿勢太久，他不自覺地想扭動身軀，下腹卻剛好碰到岳格勃起的部位，兩人的性器就這樣隔著布料磨蹭而過，雙雙發顫了一下。

「岳格學長……對不起……」樓夏忍不住發出哭腔道歉，剛才瞬間觸電的感覺席捲全身，讓他不禁全身發抖。

「不用道歉……」岳格閉上眼，似乎也在隱忍。

樓夏不知道要怎麼解決這般尷尬的局面，直接伸手擋住下腹，但反而像是被勾起了性欲，本能地用掌心搓揉按壓自己的性器。

「岳格學長，怎、怎麼辦……」樓夏無助地問著，自己的手竟然無法停下，呼吸也帶著熱氣。

「你這傢伙……當武神之前沒有經驗嗎？」岳格遲遲不動手，是因為看到了樓夏生澀不知所措的樣子，就怕自己的躁動嚇到他。

「沒……我好像十三歲就脫離凡人輪迴，被天界收去當實習武神了。太久以前的事，我已經不太記得了……」樓夏的呼吸越來越急促，因為不曉得該怎麼辦，就連套弄的力道也特別小心，顯然可見是個連自慰經驗都少得可憐的孩子。

「你一副十八、十九歲的樣子，難怪我老覺得你的心智跟年紀不符合。」岳格倍感無奈，這下更加苦惱如何解決眼前這般狀況。

武神可以保留凡人的肉體，因此身軀會持續成長，但是若照樓夏的說法，他只有肉體會長大、武神技能會成長，可是心智觀念還停留在十三歲的狀態。怪不得這傢伙有時候跟小孩一樣，像張白紙。

「對、對不起……」

「不用道歉，我改天非得查一下你凡人時期的狀況不可，居然連一點經驗都沒有……」岳格一方面覺得頭痛，同時意識到自己可能是樓夏的第一次，心裡居然感到有些開心。

「岳格學長……」樓夏越來越不安，同時套弄的速度不自覺地加快。

「距離我出門執行任務還有一點時間，只能做前戲，剩下的……剩下的以後再說。」岳格不禁暗暗佩服自己在性欲高漲的狀態下，還保有理智思索怎麼保護這個心智不成熟的傢伙。

「前、前戲？」樓夏沒聽懂，茫然地盯著岳格。

「真是……」岳格嘆了口氣，一把將樓夏的平口褲拉下，他的性器就這樣顯露而出。

「呃啊。學長，我這樣很醜的……」樓夏不禁夾緊雙腿遮掩，卻被岳格阻止。

「別動！我來就好。」岳格同時褪去自己的褲子，就著這樣的姿勢，雙手圈住彼此的性器套弄。

樓夏一副活像是在看恐怖片的表情，驚嚇地看著自己的性器與對方的相貼，呼吸變得急促，臉頰逐漸泛起紅暈。岳格盡量不去看樓夏的臉，對方的反應太過生澀，會讓自己心軟得不敢持續下去。

兩人就這樣在詭異的狀態與氣氛下套弄，樓夏因為不安而緊抓著岳格的肩膀，細碎的呻吟像貓叫似地，不斷勾起岳格沉睡已久的性欲。

「學長……岳格學長……嗯……」岳格聽著樓夏的呻吟，套弄的速度越來越快。

他已經決定今天只會做到前戲，因此沒有進行下一步。直到感受到樓夏全身一顫，一股溼黏的白濁沾滿自己的手，而他同時也在樓夏平坦的腹部上留下一道白痕，彼此的喘息才減緩下來，頓時整個房內充滿男性的腥羶氣味。

「學、學長。抱歉，弄髒你了……」

「沒事，這是自然的反應。」岳格親了樓夏的額頭一下，試圖安撫。

「唔——」樓夏的呼吸漸緩，但是情緒並沒有平復。而岳格則是剛發洩過，全身乏力地往樓夏身上趴。

「岳、岳格學長……」樓夏完全是處子的反應，惶恐不安帶著細軟的哭腔呼喊著，這般無助的表現加深了岳格對他的掛心與喜愛。

「別怕，這不是壞事，我帶你去浴室清理一下。我處理完就得出門了，你好好休息。」岳格一把抱起癱軟的樓夏，兩人在浴室快速地清洗一番後，岳格就把情緒還沒平復的樓夏安置在床上，替他蓋好被子並囑咐他休息。

「就算明天可以復工，你今天還是病人，好好休息別胡思亂想。」

「是……」樓夏也在岳格平靜的態度下，漸漸接受剛才發生的一切。

岳格關上門前，還依依不捨地看著樓夏一會才甘願離開。被拋下的樓夏則整個人裹在被子裡，回味剛才的種種後，腦中卻不禁浮現一個大疑問。

「我跟岳格學長……現在到底是什麼關係呢？」

儘管關係好像越來越曖昧，也已經完全習慣親密的相處，樓夏面對接吻擁抱不再那麼慌亂，只是雙方都有著疑惑沒有解開。

結束兩週的病假後，樓夏重新復工，照著約定時間與岳格一同出門。他們修改了執行任務的方式，由岳格與他一起出門，選定好地點就開始清除心魔。

對於可以復出工作的樓夏來說，這是非常興奮的時刻，興高采烈地想大展身手讓岳格刮目相看。但任務開始過了一小時，他發覺不是這麼一回事⋯⋯

樓夏站在暗巷裡，舉著長槍輕鬆地用槍尖往地上一尾緩慢爬行的黑蛇刺下，瞬間那尾心魔黑蛇化為塵埃朝上飛去。他抬頭恰好看見岳格從頂樓跳到另一側屋頂，動作俐落地砍下一尾剛開眼的黑色大蛇，低頭就能看見站在暗巷的自己。

「岳格學長——」樓夏看得心動，做出想往上跳的舉動，卻隨即被岳格阻止。

「你留在原地，把地面所有小蛇清乾淨。」岳格吼完後轉身又跳往另一處大樓，帥氣地一口氣砍除數尾心魔黑蛇。樓夏則被迫在原地繼續清除那些毫無殺傷力的小蛇，直到今天的任務結束。

兩人在返回住處的路上，樓夏委屈地跟上前抱怨，「岳格學長，為什麼今天不讓我一起打空戰？」

「你傷才好，不適合馬上做這麼劇烈的活動。」岳格看了樓夏一眼，漫不經心說著。

兩人在大樓的暗房裡收好專用武器，換回輕便服裝。樓夏動作很慢，望著岳格的眼神更加失落，顯然他不願接受剛剛的理由。

「我已經好了。」樓夏剛換掉武神的裝束，手握著上衣裸著上身激動地說道。

岳格已經換好衣服，看著樓夏身上的疤痕像是在提醒之前發生過的事，覺得有些刺眼，「你有沒有好，是我說了算。」

岳格越看越不舒服，扯過樓夏的上衣替他穿好並說：「快穿上，會著涼。」他強硬停止話題，握著少年的手直接返回住處。搭電梯時樓夏看著自己原本住的樓層的數字鍵說：「岳格學長，我原本住的地方租出去了嗎？」

「是啊，讓我賺進大把租金，有錢賺最開心了。」岳格握著樓夏的手腕說道，恰好看見少年一副為難的樣子又補上一句，「幹嘛？不喜歡跟我住？」

「我沒這個意思，只是覺得二十天不到的時間，變化好大……」樓夏看著被岳格握緊的手腕，想起過去數十天簡直與對方分分合合的關係，直到現在居然……呃，以凡人的說法是，同居了。

「你還太嫩了。我查了才知道，你根本還沒體會過人界的七情六欲，就被天界收走成為武神實習生，你真的是我帶過的後輩裡最沒社會經驗的傢伙。」等到電梯門一開，岳格就把人帶進屋內，催促他趕快洗漱準備睡覺。

樓夏照他的要求，洗完澡換上舒服的睡衣準備躺床睡覺。這時岳格又跑過來與他擠那張單人床，才想起剛才的對話還沒結束。

「岳格學長，在你眼中我是最差的後輩嗎？」樓夏已經習慣被岳格當抱枕，甚至喜歡蹭蹭他的頭髮，只是剛才電梯裡的話題他還是放不下。

「我沒這麼說。還有四小時就要天亮上班了，你快點休息，如果睡眠不足精神不好，我可不會讓你請假。」

「喔……」樓夏悶悶地應了聲，岳格似乎在親吻他的脖子，他也習慣被這般對待，心中卻又浮現另一個疑問。

「岳格學長，你找到答案了嗎？」樓夏又問。岳格終於受不了，撐起身軀不悅地盯著他。

「什麼答案？我們睡前有做什麼解題嗎？」岳格藉著小夜燈瞪著樓夏。

「沒有，我只是突然想起好幾天前你說……還不知道我們的關係是怎麼回事，要等你找到答案。」樓夏的眼神相當真誠。岳格被他這麼一看，居然心虛了。

「就現在這樣挺好的。」岳格又躺回去，試圖讓樓夏閉嘴緊緊抱住他。

「所以現在這樣就是答案嗎？」樓夏盯著天花板不解地問道。

「大概。」岳格閉上眼，模糊不清地說道。

「喔……」樓夏很怕挨罵也就沒有繼續追究下去，但他覺得這不是答案，因為他並沒有聽到自己想聽的話。

「睡吧。」岳格親吻樓夏的耳垂，兩人就這麼入睡了。

這樣的日子持續了好幾天，白天工作、晚上執行武神任務。樓夏每天按表操課，績效相當優秀，但是心中的困惑與不滿越來越大。

白天祕書的工作量大減，他幾乎每天都只在電腦前輸入資料、整理文件，不跑遠程出差的交易，只有鄰近的飯局會帶上他。這點變化樓夏只覺得不太對勁，但是能自己找事情做藉以補足，然而夜裡的武神工作就看得出岳格明顯對他過份保護。

樓夏已經連續好幾天都只在街道上負責對付小黑蛇，看著岳格在半空中帥氣砍殺的姿態，心裡只有滿滿的羨慕。而且岳格完全看透了他的心思，只要看到樓夏一有往上飛的舉動，就會大吼制止。

「不准跳上來！給我專心把腳下的黑蛇清乾淨！」岳格彷彿有雷達，只要樓夏一有這樣的念頭就會被發現。樓夏雖然充滿不甘，還是乖乖聽話。

這天任務結束後，他們又在電梯裡為了這件事展開辯論。

「岳格學長，我的傷已經痊癒了！應該可以恢復跟以前一樣的合作模式吧？」樓夏看著自己的手，總覺得毫無用武之地很是鬱悶。

岳格看了樓夏一眼，卻彷彿在瞬間看見他被黑蛇纏身、差點遭到吞噬的幻覺，隨即搖頭說：「我們改變作戰方式，你負責地面戰，空戰我來就好。」

「咦——」樓夏一聽臉都扭曲了。這時電梯門剛好開啟，岳格握著他的手腕離去，樓夏看著岳格的背影還是忍不住說：「岳格學長，你是不是嫌棄我不夠好？」

「啊？」岳格回頭看著他皺起眉說，「你又再亂想什麼？」

「不然為什麼不讓我碰空戰了？讓我試試看好不好？我空戰一定沒問題的。」樓夏用近乎哀求的口吻，岳格仍舊搖頭拒絕。

「我只是覺得地面戰也很重要，所以交給你負責。」岳格邊說邊將樓夏帶到客廳沙發坐下，安頓好之後又說，「我去弄點消夜。今天白天工作太忙，我們都沒時間吃個正餐，這樣不行。」

岳格丟下這句話後，匆匆進廚房找了幾樣冷凍食品放進微波爐，一會之後把消夜全放上桌。這段時間樓夏始終想找機會起身幫忙，卻總是被岳格喝住。

雖然已經習慣備受照顧的生活，但是樓夏覺得岳格似乎越來越誇張，簡直把他當成三歲小孩一樣。他一邊吃著食物，想著再這樣下去實在不行，眼下看岳格心情還不錯，又低聲試探著問：「岳格學長，你一個人負擔空戰不會太累嗎？我覺得我還是可以……」

「不可以。」岳格吃掉最後一口消夜，直接打斷樓夏的念頭，「我是你的指導學長，我知道怎麼判斷。」

「可是……」樓夏還想辯解，卻招來岳格警告的眼神，只好將想說的話又吞回去，對於自己工作量大減的怨言無處發洩。

樓夏會這麼擔心，是因為武神的工作攸關年底的考核成績。天界是以全方位評價武神們的工作作為考核依據。雖然不需要天天確認成績，但是一旦大幅下降還是會收到來自天界的提醒。

就在傷癒復出的一個月後，欅夏便收到了通知。雖然尚在及格邊緣，但是對於過去一直維持在高分的他來說，絕對不能接受這種結果。

就在當天結束武神任務，兩人已經習慣同床共枕的時刻。欅夏在岳格剛躺好床準備抱著他睡覺時，驀地起身帶著委屈又生氣的神情瞪著岳格。

「岳格學長，明天請讓我加入空戰。」欅夏拿出收在口袋裡許久的通知書，亮給他看。

已經浮上睡意的岳格，拿過通知書細細看過一遍後還給欅夏，毫不在意地說：「有及格啊，你繼續保持。」

「我不能接受這種成績，我明明可以更好。」欅夏握緊拳頭，都快把通知書捏爛了。

他的反應讓長期讓處於及格邊緣的岳格感到不解。欅夏的模樣他也在其他後輩武神身上見過，完全是新手才會有的反應，像岳格這種在人界打滾五百多年的老人完全不在乎，只要日子能過得舒適就好。

「你現在就表現得很好啊。」岳格起身想將欅夏壓回床鋪，他卻不從甚至再次攤開那張通知書，還附帶一雙難受的眼神。

岳格實在敵不過樓夏這個表情，只好無奈地說：「好啦，明天一起打空戰就是，你能快點躺下來睡覺嗎？」

「好。」得到同意的樓夏總算安下心，並將通知書收好塞回口袋裡，乖巧地躺在岳格身旁。就算他們現在的關係一點都不明確，就算他因此老覺得心裡不踏實，也都因為岳格總算願意放行空戰而拋至腦後。

樓夏就這樣帶著期待的心情，迎接隔天久違的空戰。他們在午夜十二點前五分鐘，站在高樓俯視著街景。

「你就照之前的做法就好。」岳格看著樓夏雙眼閃閃發光的樣子，竟有些不安。

「是。」樓夏相當興奮，甚至深呼吸口氣，平時都沒發現夜間的空氣這麼迷人。

「你聽我的指揮，懂嗎？」岳格試圖壓住樓夏的興奮。眼見時間一到抽起長刀準備動手，偏偏感覺今天會特別忙。

「我懂。岳格學長，可以動手了吧？」樓夏握緊自己的武器，竟然興奮得露出笑容。

「啊，聽我的，出發。」岳格才剛跳上半空中，樓夏已經衝出去流暢地揮舞著手中的長槍，追逐那些從各處冒出的心魔黑蛇。

岳格就跟在樓夏後頭，一邊收拾已經具有攻擊力的黑蛇，一邊掛心著過度亢奮的樓夏。他斬殺的技巧其實相當優秀，但缺點就是過於用力甚至顧前不顧後。

「今天就當收尾的角色吧。」岳格曉得樓夏太過興奮，怎麼勸都不會聽，一邊將剩餘的小黑蛇清乾淨。

樓夏的動作依然俐落。這時從兩棟大樓縫隙冒出了一尾大黑蛇，目測是與街道同寬，恐怕又是躲在暗處養大的傢伙。

樓夏與岳格停在半空中，看著這尾與大樓同高、街道同寬的大黑蛇緩緩竄出。岳格皺起眉直覺這傢伙不好處理，樓夏則因為太久沒砍得這麼爽快，露出興奮的笑意，舉起長槍喊道：「岳格學長，我去上方看它開眼了沒。」

「等——」岳格還來不及阻止，看著樓夏往上衝，只好急忙跟上。

「快開眼了——」樓夏越來越興奮，舉起長槍準備將它的頭砍下，卻沒想到那尾大黑蛇突然往上衝並張大嘴巴試圖將他吃掉。

黑蛇早就開眼，只是隱藏得非常好，加上往上衝的速度很快讓樓夏來不及閃開。他瞬間就失去了判斷力，看著那張大大的嘴巴朝自己而來。

「糟糕——」樓夏倒抽一口氣，有幾秒的空檔腦袋一片空白，下一瞬間就被岳格抓走往外側閃避。

「我來，你閃遠一點。」岳格借力使力，將樓夏推遠並轉身採用橫砍的方式將黑蛇的頭砍下，不到數十秒的時間就解決了危機。

同時所有的黑蛇也化為塵埃緩緩飄向天空，但岳格沒時間理會這些，而是緊張地轉過身看著一臉失神的樓夏。他的腦袋一片空白，像是這段時間以來的恐懼全被激發出來，也意識到對樓夏過於保護的原因，就如同先前說過的一樣——他怕極了失去這個人。

岳格驚魂未定地慢慢靠近樓夏，兩人就這樣騰空對望著。

「岳格學長……抱歉，我又搞砸了……」樓夏看著四周緩緩飛往天空的塵埃，心想著如果沒有岳格剛才推他那一把，自己現在或許也已經跟著這些塵埃被天界回收了。

「我說你啊……」岳格伸手掐住樓夏的下顎，力道之大讓他皺起眉。

「對不起……」樓夏閉上眼一副做好挨罵的準備，沒想到下一秒卻感覺到自己的嘴唇被吮住，溫暖又強而有力的親吻使他驚愕地睜開眼。

更讓他措手不及的是，岳格結束這個吻之後，緊接著又用力抱住他。

「岳格學長……」

「你他媽的，到底要嚇我幾次才甘願？」

樓夏被緊緊抱著，同時才發現岳格抱住他的手正在發抖。

「對不起……」樓夏不知怎麼應對，只能不停道歉。

「夠了、夠了……」岳格依然抱著他，不斷低語著，「下次別再做這種事了，我承受不了再發生一次了……」

第八章

岳格一時失控的情緒收得很快，樓夏卻還在震撼之中。

大概是那個擁抱的力度太驚人，回到住處時樓夏仍然記得剛才被用力抱住的力道與觸感。只是樓夏老覺得氣氛怪怪的……

兩人在暗房裡換衣服時，岳格看見樓夏身上的傷，眉頭皺得都快打結了。

「快整理好，回去幫你擦藥。」岳格看著樓夏手臂跟腹部的傷痕還滲著血絲，心裡就感到不痛快，催促著他快換掉武神的裝束。

「喔？」樓夏低頭看著身上的傷，慢條斯理地脫下衣服邊說，「並不嚴重啊，我等一下自己處理就好。」

岳格只是冷著臉說：「快點。」

樓夏被他過於冰冷的語氣嚇到，加快換衣服的動作，岳格見樓夏一準備好就抓著他的手走。一進臥房裡，樓夏就被要求躺在床上，岳格則坐在一旁等著幫忙上藥，「把衣服掀開。」

「喔。」因為樓夏的傷口在肚子上，他乖巧地躺在床上掀開上衣，讓岳格擦上醫療所開的藥膏。

「啊……好涼。」樓夏抓著捲起的衣服，只能看見岳格坐在床沿細心替他上藥的身影，腹部有點刺痛但更多的是冰涼感。

岳格看著樓夏閉眼忍耐的樣子，上藥的力道更加輕柔。直到聽見樓夏無意間從嘴裡逸出的低吟，突然激起他對前幾天做到一半的事的想像，他看樓夏乖順地抓著衣襬閉起眼的樣子，感到一陣心動俯身在他肚臍旁親吻。

「唔？」樓夏感覺到異樣的溫度與柔軟隨即睜眼，就看見這一幕。

岳格在他肚臍周圍親了數下，最後居然直接趴在他的肚子上，就著這個姿勢抬頭與樓夏對視。

「岳格學長，怎麼了？」樓夏全身僵直呼吸急促，他不曾見過岳格露出這種眼神，溫柔又充滿……愛意。

「上次我們只做了一半。」岳格閉上眼，感受樓夏的體溫以及因為呼吸而起伏的腹部。一方面要避開傷口，一方面又覺得這孩子的身體有點單薄，是不是該找間健身房練練呢？

「做……什麼？」樓夏的肚子被岳格的頭髮磨蹭感到搔癢，但更讓他無法移開視線的是岳格那雙眼神。

「做愛。」岳格丟下這句話後，居然將臉埋進樓夏平坦的肚子，趁機會在他的肚皮上留下更多的親吻，甚至不管力道，已經在上頭留下清楚的紅痕。

「咦？」樓夏沒料到會得到這麼直接的回答，瞬間臉就紅了。

岳格看樓夏過於生澀的反應，無奈地發出嘆息，慢慢起身爬上床。就著樓夏平躺的姿勢，雙手撐在他的兩側說道：「看你這麼純情，我都感到同情了。」

樓夏立刻露出不滿的表情反問：「為什麼要同情我？岳格學長才奇怪吧？突然說這些……」

「我看過你凡人時期的記錄……」岳格摸了樓夏的臉頰一把接著說，「這可是我當指導學長以來，覺得最有用的時候，擁有調閱你所有資料的權限。你十三歲的時候，為了救一個同年紀的人溺水而死，不過那個人順利獲救，天界就是看中你過於良善又有武術的資質，才會收你當武神。

「戀愛經驗是零，更別說有親密關係的經驗，加上以你的性格。如果再這樣下去，你可能會是我們武神裡最資深的處男武神——」岳格停頓下來，空出來的那一手繼續撫摸樓夏的身軀，從手臂、腹部，到胸口，像在按摩似的。

「別、別一直把這種話掛在嘴邊講……雖然、雖然武神裡私生活混亂的大有人在，不代表我也得跟他們一樣……」樓夏停頓幾秒，帶著不安的神情問道，「岳格學長，你該不會也是這樣的人吧？我之前在地下咖啡廳裡聽過，你好像也有不少交往對象……」

「你別一副我很渣的眼神行嗎？我是有戀愛經驗，但每一段關係結束時都有清楚地切乾淨，而且是一對一從不花心，被你這個小處男質疑簡直是侮辱。」岳格氣不過用力捏了他的臉頰一下，樓夏痛得連拍好幾次岳格的手背抵抗。

「學長！很痛！說話就說話，不要弄我——」樓夏掙扎了一會，岳格卻又往他的嘴唇上親吻，兩人瞬間又落入充斥著曖昧的寂靜。

「樓夏——想做嗎？」岳格停止接吻後，用著相當性感的語氣問道。

「做……」樓夏還是逃不掉造成這個局面的原因，他紅著臉既羞澀又不敢回答。

岳格等了數秒，遲遲得不到回答又重重地嘆口氣，翻過身躺在樓夏的身側說道：「算了，不勉強你。」

他丟下這句話之後，就真的再也沒有任何動靜。反而是樓夏還抓著往上捲的上衣衣襬，發現被放置不管而感到不安。

「岳格學長？」樓夏維持著原來的動作輕喊一聲，沒得到回應又轉頭察看動靜，發現岳格閉著眼，這下感到更驚慌了。

「岳格學長？你、你要睡了嗎？」然而他得到的仍然是一片寂靜。

「唔……」被拋下的不安感越來越濃烈，樓夏便伸手悄悄抓住岳格的手掌，但是依舊沒有得到回應。他不知怎麼辦，甚至用手指輕輕摳弄岳格的掌心。

「學長……做吧。」樓夏的輕聲細語裡，帶著幾分被遺棄的委屈。可惜這麼說之後岳格仍然不為所動，他只好再接再厲繼續喊道：「岳格學長，我實在不太懂……所以你想做的話，就做吧……我完全沒有經驗，一下子不知道怎麼辦，學長你可以跟我說該怎麼做……」

岳格終於有了動靜。他翻過身又恢復成剛才的姿勢，俯身看著茫然的樓夏，扣住他的手腕說道：「眼睛閉上。」

樓夏很聽話，順著他的要求閉上眼，隨即感覺到自己的嘴唇被岳格親吻，緩慢又溫熱的觸感在嘴唇與臉頰游移，就連呼出的溫熱氣息都能感覺到。

雖然閉著眼，但是樓夏腦中卻能想像出現在是什麼樣子。岳格的吻很溫柔也很懂得引導他，不知不覺間樓夏還張嘴配合更深入的親吻，唇舌交纏下，整個臥室充滿兩個男性的喘息與低吟。

「把衣服脫了。」岳格在結束親吻後，一邊替他脫去褲子低聲說道。樓夏不禁一顫，因為岳格壓低嗓音的認真表情，實在太過性感了。

「好。」樓夏慢慢地褪去上衣，一下子就全身光溜溜的。這次連性器都被看得一清二楚，實在拋不開尷尬與羞恥的他，不禁用雙手摀住私處。

「你也幫我脫掉褲子吧。」岳格見樓夏不知所措的樣子，撫摸他的胸口與手臂，又派了個工作讓他轉移注意力。

「啊，好……」樓夏的手雖然隱約發顫，還是順利替岳格脫下褲子，但是當他看見岳格的性器時，不禁別開臉無法控制地發出羞澀的呻吟。

「岳格學長……這樣就好了嗎？」樓夏的呼吸越來越急促，因為岳格的手正在他的身上摸來摸去，現在正在……呃……揉他的乳頭。

岳格看著他飄移的目光，輕笑一聲說道：「你也摸摸我，想摸哪裡都可以。」

樓夏聽到這番話後，有數秒的時間張著嘴無法思考。岳格似乎早就料到他會有這種反應，露出了更大的笑容，並抓著少年的手順著自己的胸口往下帶，最後停在下腹的位置說道：「上次我怎麼幫你的，還記得嗎？」

「稍、稍微……」樓夏這下更慌張了，在對方的帶領下手指隱約會碰到性器，對他來說這麼私密的行為，一時間實在無法消化。

「那就照你的記憶做。」岳格試圖給他鼓勵，主動抓著那隻手握住自己的性器，但是樓夏還是忍不住發出驚喘。

「咦……岳格學長……」樓夏相當不安，岳格看了他一眼又是一陣親吻與撫摸，試圖引導他進入狀況。

無聲的溫柔與安撫逐漸發揮效果，樓夏為岳格套弄性器的動作雖然笨拙，但是小心謹慎的樣子讓岳格很滿意。

樓夏的意識很恍惚，就連不久前岳格短暫收手，離開臥房又再次回來的舉動都沒察覺。他好像看見岳格在自己腿間抹了什麼液體，一腳被架在岳格的肩上，兩腿間傳來冰涼的溼潤感，以及岳格的手指在他股間撫摸的觸感。

「岳格學長……你在做什麼？這樣不是很……奇怪嗎？」樓夏的聲音變得尖銳。他覺得身下好像有什麼動靜，但全部的體驗對他來說實在太陌生，所以根本不曉得岳格對他的下身做了什麼事。

「事前準備，如果不這樣你會受不了。」岳格很冷靜地解釋，抬眼看著樓夏無助又疑惑的眼神，在他下身擴張愛撫的力道更慢更溫柔。

「喔……」樓夏似懂非懂地點點頭。岳格又看著他一會，顯然樓夏完全不瞭解現在的情況，這下岳格擴張的速度更慢更仔細。

直到樓夏的意識徹底飄忽，鬆開套弄著岳格性器的手改握住自己的性器，憑藉著本能慢慢撫摸，身心都陶醉在岳格替他準備好的溫柔世界裡。

「舒服嗎？」岳格見他開始露出享受的眼神，輕聲笑問。

「嗯……感覺奇怪……但是很舒服……」樓夏仍對於體內流竄的感覺很是陌生，露出些微困惑的表情直說，「岳格學長，這樣可以嗎？」

「可以，又不是什麼壞事。擁有凡人的身體就該享受這些情感，如果你想轉換部門切斷七情六欲也不是不行，我現在就幫你填申請……」岳格話還沒說完就看到樓夏猛搖頭拒絕，套弄性器的動作沒停過。

「不想就不要說這些口是心非的話。」岳格看著樓夏雙眼迷濛意識恍惚，趁著他毫無防備之際，扶著自己的性器進入了他的後穴。

後來樓夏的記憶就更模糊了。只知道感受很複雜，從痛到哭出來再到叫岳格別放開自己，甚至發出連自己都沒聽過的聲音，接著就眼睜睜看著岳格握著他的手一起套弄性器，並在對方的手裡射出，以及體內傳來一股怪異的溼潤感。

「岳格學長……唔……我的聲音超奇怪的……啊……」

「不奇怪，你別忍耐。」岳格始終都很有耐心地帶領他，經常為了樓夏停頓皺眉，額際的汗既有忍耐的冷汗也有情欲宣染的熱汗。

不過樓夏無法思考太多，精神與體力全部耗盡，就這樣張著大腿、全身黏膩沾著淫汗的狀態下，昏昏沉沉地看著岳格替他清理身體，隱約卻覺得剛剛發生的事情總缺少了什麼。

就在睡意湧上前，樓夏才意識到自己與岳格發生了關係，是比接吻還要更親密的行為。但是他實在累得無法思考太多，就在岳格替自己蓋上被子睡覺時，暫時將這一切都拋遠了。

直到隔天該起床上班的時間，樓夏還是被岳格猛揉臉頰才清醒過來。

「好了，快去洗臉刷牙，我送你一起上班。」岳格一副精神奕奕的樣子，與樓夏身心疲倦的模樣形成相當大的反差。

樓夏清醒之後，近距離看著岳格那張臉，昨夜的種種才從腦海深處浮現出來，對方在面前露出情欲滿滿又深情的模樣實在難以忘懷。然而他卻想起更深層的記憶，在他仍是凡人時，母親曾對他說過某些行為是成家立業後才能做的，比如昨晚與岳格發生的事。

於是樓夏一臉慎重地攀住岳格的肩膀說道：「學長，昨晚的事……我感覺讓你委屈了，我會負責的！」

岳格聞言瞬間呆滯地瞪著他許久才說：「你又哪根筋不對了？負責什麼？我有說我委屈嗎？」

「我生前的母親說過，這是得在婚姻關係才能進行的事。」

岳格此時的表情除了呆滯，還有一種看著史前絕種生物的震驚，被樓夏的一番話搞得不知怎麼回應。

樓夏沒看出岳格的錯愕，自顧自地繼續說下去。

「可是……總覺得我們什麼都還不是，怎麼辦呢？現在已經發生關係了，必須得補償你才行。」樓夏相當認真地思考，不斷重複低語剛才說過的話，岳格越聽越覺得厭煩，直到他聽見樓夏說，「雖然學長說維持現在的關係就好，可是我老覺得缺了什……不行啊！這樣太奇怪了……又沒有結婚就上床做愛，實在太淫亂了。」

「淫亂？」岳格聽見樓夏把兩人的關係形容得如此不堪，不禁帶著質問的意味拔高音調。

樓夏被他帶著怒氣的眼神嚇到，卻仍然保持剛才的想法堅定地點點頭。

「我對你這麼好，你竟然覺得我們是這種關係？」岳格氣得捏住樓夏的臉頰，讓他嘴唇被迫擠成噘起的樣子，看起來相當滑稽。

「可是我們上床了啊——我媽說過，那是結婚後才能做的事。」

「我的天啊……你真的是……」岳格被他過於保守又有點純真的回答氣到笑出來，深呼吸幾口氣後便說道，「好啊！就順你的意思，我們結婚吧。」

「咦？我不要。」樓夏居然想也不想直接拒絕。讓岳格不禁鬆開手，一臉錯愕地瞪著他許久。

雙方就這樣互瞪著，岳格咬牙切齒地說：「你到底想怎樣？那樣不對這樣不行，你到底、到底……」

岳格差點一口氣呼不過來，挫敗地靠在樓夏的肩頭上說：「你到底在想什麼？」

樓夏感覺好像傷害了岳格，但是從沒戀愛經驗的自己總覺得與岳格的關係還是不太對勁。

「我也不知道……」樓夏小心翼翼地看著岳格那雙深受衝擊又受傷的眼神許久才說，「你還沒給我答案。」

「什麼答案？」岳格一愣，完全聽不懂樓夏的意思。

「我也不知道……」樓夏不知所措地猶豫幾秒又說道，「我只知道，學長不能隨便說要結婚，我們還沒到那個程度。」

「啊？你真的是天生來剋我的，我真的是……搞不懂你到底在想什麼了。」岳格越來越不懂樓夏了。

在雙方都摸不透的狀況下，兩人草草結束這段對話，卻也導致後來隱約覺得哪裡不對，好像吵架又好像不是的奇怪相處模式。

他們相處的時間很長，默契依然很好，但是總覺得那裡不對。一起吃午餐晚餐的時候，岳格仍然不忘提醒樓夏要多吃；夜裡的武神任務也執行得相當完美，之前的種種矛盾已經磨合解決，岳格也擺脫了樓夏遭遇危機死亡的陰影，接下來數天是他們表現得最好的時期。

任務結束後岳格還是喜歡趁著樓夏已經躺下休息時，跑去跟他抱在一起睡覺，不過從那天之後，除了接吻擁抱就沒有更親密的行為。

樓夏半夢半醒間看到抱著他熟睡的岳格，惆悵地嘆了口氣。趁著岳格熟睡時悄悄起身，拿起手機傳了一則訊息給某個人，本以為會到天亮才會得到回應，沒想到一下子就獲得答覆。

「那就十點見面吧！是說岳格會放行？他最近盯得可緊了，不太希望我跟你獨處。」成因回的訊息很有他的風格。樓夏窩在岳格身旁偷偷看著通訊軟體的交談頁面，他實在太過煩惱，想了想只有成因能商量了。

「放心，只是單純在外面喝個茶，岳格學長不會介意的。而且明天週六休假，白天岳格學長都會給我很充裕的自由時間。」樓夏回完訊息後又看著岳格的睡臉，連忙補充一句，**「我們見面的事，暫時先別讓岳格學長知道，我會找個理由脫身。」**

「好吧，我相信你能處理好，我實在不想再被岳格罵了。」成因還回了個擦汗的表情符號，表示他現在實在怕極了岳格。加上岳格最近袒護樓夏的舉動太過明顯，擺明了誰敢傷害這孩子就等於找死。

「我會處理好，不會讓成因學長為難。」樓夏回完訊息後，將手機塞到枕頭下，望著天花板許久，直到聽見沉睡的岳格發出幾聲囈語，他小心翼翼地蹭著岳格的頸窩，慢慢陷入睡夢裡。

到了約定的時間，樓夏為了避免岳格起疑，還約在另一區的餐廳與成因會合。當他踏進餐廳時，成因已經坐在靠窗的位置，桌上擺著一道甜點與咖啡。

「成因學長，謝謝你抽空赴約。」樓夏禮貌地向他行禮後就坐，一臉尷尬地望著掛著輕浮笑容的成因。

「有什麼事？我可是冒著生命危險跟你見面，岳格很怕我帶壞你。」成因一臉委屈地說道。

「只是說點話而已，我不會讓學長困擾……」樓夏轉身向服務生點了杯熱奶茶後，輕咳幾聲直接開口，「成因學長，岳格學長是不是討厭談戀愛？他一點也不想跟我談戀愛的樣子……」

「啥？」成因正喝下一口咖啡，差點嗆個止著，一臉錯愕地看著樓夏。

「你們兩個成天黏膩成那樣，還有人看見你們在武神任務的空檔接吻，然後你問我他是不是討厭戀愛？」成因相當困惑，儘管最近都沒有與這兩人碰面，但是他們各種毫不掩飾的親暱早就在武神圈裡傳了開來。沒想到當事人卻問了這麼令人意外的問題。

「為什麼……你知道這些……」樓夏臉頰酡紅地反問，他和岳格在武神任務期間雖然經常接吻，但都會挑在不起眼的角落或暗巷，為什麼會被外人看見？

「你們以為躲得很好？早就被其他區支援的武神全看光啦，而且還不只一次。然後你居然說岳格不想跟你談戀愛？你對戀愛的誤解到底多大？」

樓夏被成因這麼一問，原本困惑的情緒又更深了，反問道：「可是學長從來沒正面承認我們在談戀愛。我查過很多資料，覺得現在像是在曖昧期，而且岳格學長居然直接說要跟我結婚，我覺得不對所以沒答應。」

成因聽著不禁放下杯子驚嘆：「你們進度也太快了！居然已經論及婚姻？」

「不，我拒絕了！」樓夏連忙搖搖頭解釋，「剛剛說了，不對，我們根本連談戀愛都沒有，說要結婚只是因為我跟學長……跟學長……」

想起那晚發生的事樓夏突然停住，因為過於私密決定略過不提，但是答案全寫在臉上了。成因立刻心領神會地不斷點頭。

「都這樣了，你居然覺得沒有在談戀愛？」成因拍拍樓夏的肩膀，看著他仍然無法理解的反應好心地解釋，「你就別想那麼多，我認識岳格比你還久，我沒看過他這麼偏袒一個人過。岳格雖然很直接，但是在某些事情會特別不坦率，光是他把你看得這麼重，就比口頭承認你們在交往都還要重要。他是不是說過你愛怎麼想就怎麼想？」

「成因學長好厲害，你怎麼知道？」樓夏瞪大眼睛讚嘆。

成因無奈地笑了笑說道：「我比你更熟悉他的個性，總之你不用煩惱這種事，行動比口頭還要來得重要。我看到他對你很特別，光是這點就是戀愛的證明，相信我，岳格一定比你更煩惱。」

「所以我該怎麼做……？」樓夏聽得模模糊糊，但是在成因的安撫下心情好轉許多。

「好問題。」成因露出長輩般的溫柔微笑，伸手揉揉樓夏的頭，與以往的輕浮樣子些微不同。樓夏對成因露出閃閃發光的眼神，等著他回覆。

「你就照自己喜歡的方式跟岳格相處就好，他不想說那就算了。他有抗拒你的親近嗎？」成因看著樓夏真誠的目光。

雖然他偶爾會想整整這個單純的孩子，但其實成因很欣賞樓夏。因此對於之前帶樓夏認識新的武神，卻反而動搖了信念差點被心魔吞噬的事情，至今想起來仍感到抱歉。

「沒有，反而是岳格學長最近都要跟我擠一張床睡覺，還要抱住我……我並不討厭就是了。」樓夏因為成因安靜微笑的奇怪態度，感到困惑地反問，「我說錯什麼了嗎？」

「沒有、沒有。」成因猛搖手笑著說，「我認識岳格好幾百年，頭一次見到他這麼失控，套個我從年輕凡人學到的詞，好像叫做暈船啊。」

「船？」樓夏無法理解成因的意思，歪著頭認真解釋，「我們沒有搭船啊。」

「不是這個意思啦。」成因見樓夏的反應不禁笑出聲，邊笑邊顫抖著說，「總之你讓岳格做出與以往截然不同的事情，真的很了不起，繼續保持。」

樓夏完全無法了解成因笑個不停的原因，但是經過他的安撫後，心中的疑慮已經消除不少。

兩人又聊了快一個小時，並由成因買單請客結束聚餐。

成因目送樓夏離開，見他神色已經好許多，不禁發出作為長輩的感嘆。正想著該怎麼安排下午的行程時，手機赫然出現一通讓他感到意外的來電。

「喔？該不會是發現我跟那孩子偷偷見面了？」來電的對象是岳格，成因心裡有那麼一丁點不安地接起電話。

「怎麼了?你很少主動打給我啊——」成因鎮定地打招呼，卻聽見對方沉重的呼吸聲，以及延遲數秒沒有說話的奇怪空檔。

「你現在有空嗎?」岳格低沉的聲音讓成因聽不出情緒。

「剛好之後沒安排，怎麼了，你今天不用工作?」成因聽出這是想邀約的意思，但是仍然猜不透岳格到底在想什麼。

「今天週六，白天工作休假。」岳格沒好氣地解釋，聽著成因輕笑不停的聲音一度考慮掛掉電話，但他想了一輪現在也只有這個人能商量了。

「現在沒事就見個面吧。」岳格淡淡的態度太過輕鬆，反而讓成因感到可疑。

「沒問題，現在就約個地點吧。」成因爽朗地笑道。

「你家附近的餐館，我已經快到了。」岳格立刻指定地點。看起來沒有拒絕餘地的成因馬上答應，兩人約在三十分鐘後見面。

成因一就坐就看見岳格陰沉的臉色，與電話中冷淡的情緒完全不相符，不禁莞爾一笑。當然剛才與櫻夏見過面的事情，他絕對不會說出口。

「真難得，有什麼事嗎?」成因對這間餐館還算熟悉，熟稔地點完餐後直接切入主題。

岳格因為休假，換上了少見的休閒服裝。他正在喝餐點附贈的冰紅茶，桌上擺著兩塊抹著奶油的土司，與平時大份量進食的作風截然不同，看來樓夏的事影響到他的食欲了。

「到晚上武神任務前都沒什麼事情，想找你聊聊天。」岳格又喝了幾口紅茶，眼見玻璃杯快見底又向店家續杯，儼然將紅茶當酒喝的模樣。

「你的心情看起來不太好啊。」成因已經吃過一頓，現在只想喝咖啡。

「還好，我平常也都是這個樣子吧？」岳格口是心非地瞪了成因一眼，啃著土司的力道卻相當大。

「喔？是嗎？」成因不想引起不必要的爭端，沒有針對這件事說下去。倒是岳格情緒漸漸放鬆後，也願意多說點話了。

「樓夏這一整天休假也不知道去了哪裡，雖說週休要去哪裡都可以，怎麼一早開始就聯絡不到人。」岳格叨叨念念許久，他心情很差的理由有一半是因為找不到樓夏。

「你們每天都膩在一起，週六日稍微分開一下不行嗎？」成因看他緊迫盯人的樣子，加深了絕對不能坦承早上與樓夏見過面的念頭。

「總要知道去了哪裡吧?真是的……」岳格又撥通電話。成因看著他接聽的樣子,這次樓夏總算接起電話,岳格得知他已經返家休息,緊皺的眉心這才鬆開。

成因笑著注視岳格與樓夏通話直到結束,心想原來這個人陷入熱戀會是這副模樣。

「他去哪了?」成因看著岳格將手機收進口袋裡,帶著微笑問道。

「說是上午出去走走,沒注意手機來電……」岳格還是不禁碎念了幾句,直到與成因對視發現他那看戲的笑容,隨即收斂了點。

「總之他已經回家休息了。」岳格輕咳一聲後說,「不提他了,我們敘舊。」

「好。」成因頷首,慢慢啜飲咖啡等岳格開口。

岳格難得猶豫了幾秒才說:「我朋友最近有個煩惱,連我也沒辦法給他解答,想問問你的意見。」

「喔?你朋友啊?」成因沉吟許久心想,這個「朋友」就是你自己吧?基於想繼續聽下去的好奇心,他決定陪對方裝傻到底。

「就是……用人界來說,就是戀愛的煩惱吧?用行動表示好像完全不夠,還被懷疑跟拒絕，真心想結婚還被認為是在敷衍，你不覺得很難處理嗎？」岳格越說越生氣，想起前幾日求婚被拒絕還是相當不開心。

「行動表示？怎麼個表示法？」成因故作驚訝問道。

「該做的都做了，接吻還有……上床。」在成因面前岳格還是無法太過坦承，說到最後兩個字時不禁變成氣音。

「這樣進展很神速啊！還有別的嗎？」成因認同地點點頭，想繼續探問更私密的部分。岳格見他聽得津津有味有那麼幾秒遲疑，但一想到與樓夏的關係急需解決，還是如實都說了。

「幾乎二十四小時相處，不讓對象餓到冷到，能給多好照顧就盡量給，很怕失去對方……真的太怕了，看他乖乖地待在身邊就夠了。但是無法理解的是那孩子……我是說我朋友的對象，兩人年紀差異滿大的。」岳格努力不讓自己露餡，不斷地斟酌用詞，但看在成因眼裡早已完全暴露。

「感覺很融洽，但是好像少了什麼……？」成因想起樓夏對他訴說的煩惱，決定好心提點岳格。

「少了什麼？」岳格皺起眉覺得被反駁不太開心。

成因見岳格似乎真的無法領悟，只好用著親切的語氣說道：「你不覺得『你朋友』好像哪裡不太對嗎？」

「哪裡不對？」岳格皺著眉無法理解。

「比如說……只從行動看起來，你朋友更像是把對象當孩子養，有說過我愛你、我喜歡你，或者更老派一點，說想相守一輩子之類的話嗎？」

岳格此時微張著嘴，搖搖頭說道：「從來沒有過……」

「這就難怪對方會拒絕『你朋友』的求婚了。」成因還刻意加重語氣。岳格想發作罵人，但是一想到問題還沒解決，實在不能隨便發脾氣。

「一定得說嗎？說又沒有什麼用處。」岳格很是嫌惡地反駁，他無法想像自己對樓夏傾訴情話的樣子，感覺很是彆扭。

「但是什麼都不說的話，對方又不會通靈『你朋友』的內心，加上之前『你朋友』拒絕過他這麼多次，他怎麼會知道『你朋友』喜歡上他了？」

「但是該做的都做了……」岳格還在掙扎，偏偏滿腦子都是之前樓夏被拒絕後委屈的眼神，這麼一想似乎是自己讓事情變複雜了。

「世間有單純的炮友也不是新鮮事，萬一那個人去問了別人，說不定其他人會這麼解釋，那他就會以為『你朋友』只是想要自己的肉體，這樣的話搞不好連繼續在一起都很難。」成因嘆了口氣，看著岳格臉色越來越差心情大好。

「不可能——」岳格咬牙否定這個可能性，但是臉上的不安卻洩漏了內心的答案。

「怎麼不可能？什麼事情都可能發生。」成因喝了一口咖啡潤潤喉，輕聲說道，「麻煩你轉達給『你朋友』一下，不過就是說出口幾個字，一時的彆扭可以換來幸福的戀情，一點也不虧。不然繼續誤會下去對方就會離開，我相信『你朋友』也不想面對這樣的結果。」

岳格聽著成因不斷加重『你朋友』這三個字感到刺耳，但是他的建議也不是沒有用處。岳格將所有的抱怨吞進肚子裡，帶著壓抑的語氣說道：「我明白了。」

「明白就好。」成因露出得意的笑容，畢竟能讓岳格吃癟的機會不多，他非常珍惜這一刻，恨不得錄影紀念。

這頓飯仍然由成因買單，雖然莫名連續當起兩個當事人的戀愛諮詢窗口，但是他一點也不介意。

岳格在成因慈愛的目光下結束聚餐離去，當他返家時已經接近傍晚。

他的情緒不太好，但是一開門看見樓夏縮著背、坐在沙發上看電視的身影，不知怎麼地，剛才積累的煩躁感一掃而空，緊接著腦中卻浮現成因那張看戲的笑臉叮嚀過的話語。

「你在看什麼？」岳格走到樓夏身後輕聲問道。

「啊？岳格學長。我在看動畫，我有聽你的話沒有亂跑。」樓夏像個小孩子一樣，屈膝抱著雙腿無辜地說道。

「我沒有氣你亂跑，只是想要確保你的安危跟行蹤就好。」岳格輕咳幾聲後，默默地繞過沙發走到樓夏面前。

樓夏仰起頭看著岳格，對那雙慎重的眼神感到不解，一度想站起來卻被岳格壓住肩膀制止。

「你別動。」岳格嚴肅的口吻讓樓夏更慌了。

「要、要做什麼？」

「我有話要跟你說。」岳格的眼神越來越嚴肅，讓樓夏坐立難安。

「岳格學長，如果我有哪裡做錯，我可以先跟你道歉。」樓夏緊張地說著，甚至想站起來行禮，卻被猛力壓住肩膀。

「你沒做錯任何事，讓我把話說完！」

「可、可是……」樓夏不懂岳格想做什麼，眼睛眨個不停。

「閉嘴啦，讓我說完。」岳格沒想到會把事情鬧得這麼僵，忍不住喊出聲。見樓夏的雙眼眨得更厲害，他又喊道：「別眨了！」

「好。」樓夏慎重地點點頭，兩人終於平靜下來。

「你不是要答案嗎？」岳格沒頭沒尾地開口。

樓夏張著嘴開開合合好幾次，終於發出聲音，「什麼答案……？」

「真是的，我這個老人竟然還得面臨這一刻，你這傢伙心智跟小孩一樣真的太折磨我了。樓夏，你給我聽好。」

「是。」

「我之前對你做的這些行為……正確來說，從我開始想抱著你睡覺，就是因為我不想再失去你，追根究底的原因就是，我喜歡你。」

「咦？」樓夏以為聽錯，眼睛瞪得老大，喉嚨像是被掐住一樣怎麼也發不出其他音節。

「你聽不懂嗎？這不就是你想要的答案？我喜歡你，喜歡到想跟你結婚。」

「啊……喔……」樓夏還是只能發出奇怪的音節，親眼看見岳格說出這些話更是臉上一陣泛紅。

那麼強大帥氣、起初還不怎麼喜歡他的岳格學長，竟然會說出這種話，這是他至今想像不到的。雖然是想聽到的回答，但是實際遇上時卻腦袋一片空白。

「我說你啊——你要我說的都說了，居然是這種反應？」岳格對樓夏呆滯的反應感到不悅。

「那……岳格學長，可以吻我嗎？」樓夏空白的思緒裡，只想得到這件事。

「然後，我們再找個合適的日子結婚……」樓夏話還沒說完，就聽見岳格咒罵了一聲「真是折磨人」，緊接著下顎就被扣住，一個強而有力的親吻直接讓樓夏完全無法思考。

接吻結束後，意識飄忽的樓夏聽到岳格在他耳邊不停說著：「這樣就夠了吧？這樣你滿足了嗎？」

他被緊抱在懷裡，感受著岳格給予的溫暖久久無法回神。

第九章

人界最資深的武神岳格，有個論及婚姻的對象了。而且還是他闊別一百多年才願意接受的指導學弟，資歷連十年都不到，完全是百倍差異的程度，消息傳得很快每個人都不敢相信。

至於消息是如何傳出去的，當然是成因那張藏不住話的嘴巴。岳格在與樓夏確認關係的隔天，基於諮商後的結果順利，還是特地傳了則訊息給成因，內容只寫「**成功了**」三個字，結果不到二十四小時岳格脫單的消息便傳遍整個圈子。

到了滿天下皆知時，樓夏竟還渾然未覺，飄飄然地窩在岳格的懷裡睡覺。

畢竟岳格在武神圈裡的名聲不怎麼好，就是個空有能力卻只愛遊走人界的貪財資深武神，所以得知消息的人多半認為他們並不會交往太久。

就在眾人完全不看好的情況下，他們就這樣又交往了一年。這段時間身為武神的日常不變，白天工作、深夜執行武神任務，結束後如果心情好就會上個床什麼的。岳格大概是禁欲太久，有交往對象之後就稍微不太節制，這下倒是苦了初嘗愛情滋味的樓夏。

這天也是如此，他們剛完成例行的武神任務，今天也是相當順利的一天。此刻樓夏正在沖澡，他一邊享受溫熱的水沖洗身軀的感覺，一邊算著距離年底結算成績的日子也快到了。

「進入秋冬凡人的思緒特別煩躁不穩呢，今天的心魔黑蛇都好凶……」樓夏回想著剛才的種種，卻忍不住臉紅，「岳格學長剛才好帥啊……」

樓夏閉上眼想著岳格的身影，無論看多少次都會怦然心動。他就這樣帶著幾分愉悅的心情，很自然地躺在岳格臥房的雙人床上，拉著羽絨被醞釀睡意。這也是這一年來的小小變化之一，樓夏幾乎不使用原本的個人房了，現在與岳格共用一間臥房。

不久之後，一直在臥房外處理其他工作的岳格，拿著手機進房間。看見樓夏拉著棉被還清醒的樣子，下意識皺眉說道：「都幾點了還不睡？」

「想、想等學長一起睡……」樓夏掩蓋在被子下輕聲說著。

岳格隨手將手機往床頭一扔，看著樓夏紅撲撲的臉頰，頓時所有抱怨的話全吞回了肚子裡。

「真是的，你越來越會抓我的弱點，讓我實在罵不下去。」

岳格將自己放下的長髮順了順，鑽進已經被樓夏體溫暖過的被窩，一手橫過去就把他抱在懷裡。

「睡吧。」岳格側著身將樓夏當作抱枕似的，這是他已經徹底養成的習慣。

「嗯。」樓夏則睡得直挺挺，像根木頭一樣讓岳格抱著。

「你的睡相也這麼直嗎？」岳格每次看樓夏過分乖巧的睡姿，總會揶揄幾句，並在臉頰耳垂親吻幾下。

「我本來就習慣這麼睡了啊……」樓夏享受他的親吻，瞇起眼睛說道。

「快睡，眼睛都張不開了。」岳格輕拍他的肩膀催促。

「嗯。」樓夏閉上眼不到幾秒，又偷偷睜開眼看著岳格的睡臉，輕聲說道，「岳格學長，這麼晚了為什麼還在外面打電話啊？」

「不是叫你睡覺嗎？」岳格沒睜開眼輕蹭樓夏的臉頰，雖然口吻帶著抱怨，還是親切地解答，「醫療所那邊有一個傷勢嚴重的年輕武神，需要的藥品不太夠，所以我剛剛找熟識的朋友幫忙調，不過情況不太樂觀……」

「這樣啊……」

樓夏聽聞後心情不禁沉重許多，又悄悄看了岳格一眼說道，「每次這種時候，就覺得岳格學長在執行任務的時候好帥，啊……今天也是。」

數秒後岳格突然起身，本以為得不到回應的樓夏正覺得尷尬時，對方俯身並將他的雙手押至兩側。

「你存心想搞到都不用睡嗎？」

「我沒……」欆夏抬眼看見岳格那雙充滿情欲的眼神，話說一半就說不下去了。

「怎麼不把話說完？」岳格不太痛快地問道。

「學長的眼神好像在問我想做嗎？」欆夏又將被子往上拉了些，只露出一雙眼睛，乖巧地問道。

「是很想，但是看你要不要，要的話就自己把褲子脫了。」岳格還是維持俯撐的姿勢，語氣比剛才柔和了許多。

「嗯，好……」說完後欆夏慢慢伸手扯掉下身的衣物，並抽出被窩扔遠。

「我好了。」欆夏摸了摸已經光裸的下身，雖然還有被子掩護卻感到羞澀。

「很好。」岳格太喜歡看他緊張又不知所措的樣子，目光盯著他的臉，右手則直接掀開被子，讓欆夏的身軀徹底曝光。

「啊……岳格學長，太突然了啦！」欆夏馬上伸手擋住性器，低聲抱怨。

「都做幾次了，我該看的都看光了好嗎。」岳格笑著脫掉自己的衣物，看欆夏還很是扭捏的害羞態度，直接伸手替他剝掉剩下的衣物。

很快地兩人都是赤身裸體的狀態，樓夏的體格還是比岳格差一點，不過畢竟是武神，每天晚上都有高強度的任務活動，看在岳格眼裡還是養出了相當不錯的肌肉。搭上那張萬年高中生般的稚嫩臉龐是有點衝突，但是岳格很喜歡。

岳格瞇起那雙被情欲占滿的丹鳳眼，繼續細看樓夏的一切，尤其是那些疤痕。樓夏之前差點被心魔吞噬而留下的疤痕永遠抹滅不了，岳格每看一次就會想起樓夏接受死亡的沉著態度。儘管現在已經克服這些陰影，他偶爾心裡還是會有點刺疼，為了驅散這些想法，岳格俯身在樓夏的肩頭咬了一口。

「學長，為什麼咬我？」樓夏微微擰起眉，起初被咬這麼一口覺得有點疼，緊接著被舔吻傳來的搔癢感令他縮起身體想躲藏。

「看著就想咬，確認你還好好的。」岳格打算吻遍他全身似地，從肩頭到胸口，說完話後還張嘴含住樓夏的乳頭。

「唔——好癢……」樓夏不禁倒抽一口氣，岳格乘勝追擊又吸又吮，讓樓夏發出壓抑的呻吟。樓夏一向不喜歡自己這種反應，始終隱忍著。

岳格鬆開嘴，唇齒還牽著一根銀絲沾在樓夏已經挺立的右胸乳尖上，擰了樓夏的左胸乳尖一下說道：「別忍耐，喊出聲才舒服。」

「可是很奇怪……學長現在對我做這些，感覺更奇怪了……」樓夏理智上想抗拒，身體卻本能地隨著扭動，臉色越來越紅了。

「都幾次了還不習慣嗎？」岳格見樓夏抗拒的樣子相當無奈，貼在他身上送上輕柔的淺吻，此舉成功引走樓夏的注意力。

「這樣喜歡嗎？」岳格看著他陶醉的眼神問道。

「嗯……喜歡……」樓夏含蓄地點點頭，換來對方更深、更持久的親吻。

「喜歡就好，好好享受。」岳格很滿意樓夏沉浸在自己創造的溫柔世界裡，彼此的身體磨蹭，產生同樣的生理反應挑起的性欲，勃起的性器正互相摩擦著。

樓夏也逐漸忘記剛才的衿持，開始細碎的呻吟，無時無刻喊著想要更多，岳格為他細心擴張的過程都能激起一絲快感。直到岳格扶著自己的性器挺進樓夏的後穴時，他難免因為痛感而發出輕聲叫喊。

「有點痛……」樓夏委屈地承受岳格的撞擊，帶著哭腔低語。

「我輕點。」岳格拉回意識放慢速度，直到樓夏開始露出享受的反應時，才悄悄加快。聽著樓夏的輕喘與呻吟，一再地吸引他抽送的速度越來越快。

就在樓夏張著嘴彷彿快呼吸不過來時，突然眼前一片空白，一陣舒坦的快感與解脫感襲來，腰腹間都已發麻，發現岳格已經從他體內撤出性器。樓夏的腿間襲來一陣溼潤感，發現岳格在他身上射出精液。意識還很昏沉的樓夏像個懵懂的孩子，看著岳格同樣短暫的恍惚神情，在他臉上親吻了一下。

「好了，後面我處理就好，你睡。」岳格見樓夏已經快要睡著卻在強撐，在他耳邊提醒幾句後就離開床鋪。

樓夏在他的輕哄下閉眼入睡，性事結束後向來都是岳格處理，他也很放心地將自己全交給對方，不過天亮之後得承受一夜放縱的筋骨痠痛與睡眠不足。

日子過得甜美，但是也有讓樓夏感到困擾的地方。岳格太過在乎他的一切，就算是放假的自由時間也會被查勤，與成因往來甚密也會被阻止，甚至讓成因一度要求樓夏不要太常與他聯絡。

樓夏為了不造成困擾也乖乖照做，但是偶爾幾回岳格過份緊迫盯人的時候，他還是忍不住悄悄問了成因。這邊正在談生意的成因收到訊息時，很想假裝沒看見，可惜已經顯示已讀，只能硬著頭皮反問：「有什麼事？」

「岳格學長以前會這麼的……像家長一樣管東管西嗎？他今天連我的襪子內

褲怎麼穿都要介入，我有點困擾。」

成因按著眉心覺得有點疲憊，他實在不想知道這些細節，反覆看了幾次才慢慢輸入文字傳送，「大概是很在乎你吧？我也沒見過他這一面。」

「喔，真是沉重……」樓夏似乎很困擾，還傳了好幾個苦悶的表情符號。

「他沒事幹嘛干涉你的內褲跟襪子……？」成因反而好奇這件事，卻換來樓夏久久沒有回答。

「成因學長，你真的想知道？」樓夏的反問讓成因忍不住笑出聲。

「說吧，我不介意。」

「因為岳格學長說，每次一眼就看到很醜的內褲，實在讓他什麼念頭都打消了……至於是什麼情況，我就不說細節了。」樓夏也明白不該說太多，就點到為止。

「好好享受這份美好吧！可是只有你獨享呢。」成因反諷似的回答換來樓夏一陣苦笑。

現在成因幾乎總是擔任樓夏的諮詢窗口，主要內容都是樓夏想理解岳格的想法。當然這件事在不久的未來被岳格發現後，又讓樓夏花了不少時間解釋。總之雖然過於沉重的愛讓樓夏很累，但是偶爾想起時又覺得有點甜蜜，一再提醒他們總是處在熱戀期的事實。

撇除經常在死亡邊緣遊走的武神任務，以及白天為了賺取生活費工作忙得要命，其餘時間都能與心儀的前輩相處，生活美好得讓人想一直這麼下去。加上岳格在執行任務時總是特別袒護與支援的關係，樓夏的成績一直都相當優秀。

或許是日子太過愜意，一個天界突如其來的通知竟令樓夏措手不及。

天界捎來的通知通常都是用意念傳至個人的腦海裡，除了當事人以外不會有第二人可以看見內容，這也是為了確保重要資訊不會外洩的措施。

樓夏是在某個不起眼的清晨接到通知。內容其實很簡單，因為他的武神任務成績優秀，已達可以申請封神的資格，這意味著升職的機會來臨，但樓夏卻也因此陷入另一個抉擇。

姑且不提升職測驗是否會及格，一旦報名就可能得離開岳格一陣子。而且申請測驗還需要讓指導學長簽名同意才行。光是想到這裡樓夏就苦惱地翻過身發出呻吟，一時忘了自己還躺在床上，這陣不小的動靜吵醒了岳格。

「怎麼了？」岳格半夢半醒地睜眼，聲音乾澀地問。在看見樓夏無聲地搖搖頭後，他下意識在少年的額際上落下親吻寵溺地說道：「如果做惡夢就跟我說，小心又生成心魔，要清乾淨才行。」

「嗯……」樓夏滿足地回蹭岳格的肩窩，他又賴床了好一會，暫時將封神升職的事情拋在腦後。

然而樓夏卻猶豫了數天，遲遲無法向岳格提起這件事。隨著完美達成每天晚上的武神任務，他的成績越來越亮眼，可以升職的機會在心裡無限擴大。

就在某個夜裡與岳格開心地上完床後，樓夏帶著苦惱的眼神看著身旁的岳格。當事人正好與他對上眼，摸摸樓夏的手與身軀問道：「你最近是不是遇到什事？」

「啊？為什麼這麼問？」不太會掩飾的樓夏被這麼一問，立刻洩漏心思。

「有解決不了的事情別瞞著我。」岳格皺著眉拍拍他的胸口，「否則又會長出心魔，你不想再經歷那些了吧？」

「不想……」樓夏搖搖頭，看著岳格憂心的模樣更加心虛了。

「快說吧。」岳格馬上讀懂樓夏的心緒，帶著強硬的口吻說道。

「在我說之前，學長答應我不要生氣。」

岳格一聽立刻擰眉問道：「你被誰欺負了嗎？」

「不是，我現在很好。就是有一些事情……」

「到底是什麼事？」岳格耐著性子等待。

樓夏猶豫了許久終於開口，「我收到天界的通知，說我達到可以申請升職封神的資格……」

「喔？」岳格的表情馬上變得凝重，甚至有那麼一點不開心。

「多虧岳格學長帶得好，我的成績才能達標。」樓夏的視線因為心虛飄移不定，岳格則看著他惶惶不安的樣子許久。

「學長……」樓夏被盯得直接閉起眼睛逃避。

「所以你打算怎麼辦？」岳格看著他緊閉雙眼的臉問道。儘管語氣不帶任何情緒，但樓夏隱約可以察覺氣氛不太對。

如果會因此退縮就不是樓夏的個性，況且他遲早也得說出自己的決定。

「我想提出申請看看……」樓夏緩緩張開眼睛，努力保持鎮定。

「是嗎？原來你對封神有興趣。」岳格嘆了口氣，重新躺回床上不再有任何動作。像是被拋下的樓夏輕輕握住他的手腕。

「岳格學、學長，你別生氣……」樓夏輕聲喊道，岳格不開心的氣息相當明顯，連帶也讓他感到難受。

「我沒有生氣，這是你的規劃我幹嘛生氣？」岳格說完後翻身背對樓夏。這個舉動看在樓夏眼裡根本就是在生氣，他看著岳格的背影，想著該怎麼安撫正在鬧脾氣的男人。最後樓夏憑著本能靠近，從岳格的背後抱住他。

「岳格學長，別生氣……畢竟機會來了，我想試試看。」

岳格重重地呼吸幾聲後才出聲：「你覺得待在人界不好嗎？還是我有哪裡做得不夠好，讓你想離開？」

「沒有，我在人界很好啊！我很喜歡人界，而且岳格學長對我非常好，無可挑剔。」樓夏面對岳格的指控連忙搖頭解釋。對方又是一陣沉默，氣氛相當尷尬。

「岳格學、學長，別生氣……」不擅言詞的樓夏只能不斷重複同一句話，語氣聽起來相當可憐，岳格聽著也不禁心軟了。

「真是——」岳格終於翻過身重新面對樓夏，只是他的神情依然帶著滿滿的不悅。

「岳格學長……別生氣……」樓夏還是重複著同樣的話。岳格注視他幾秒後，伸手摸著樓夏的眉眼。

「以你的資質要一次通過絕對沒問題，到時候你就不能繼續待在人界，會被派發一個封神的職位。總而言之你得離開我，你願意嗎？」岳格盡量讓語氣溫柔，但是一想到未來身旁的床位即將空下，心裡怎樣都無法接受。

「雖然會很想你，但、但是我還是想試試看。」

「既然會想我，那幹嘛要去做這種事情？繼續在我身邊當武神，又能好好享受生活，難道不好嗎？」

「在岳格學長身邊很好，可是……」

「嘖，聽到你說可是我就不想聽了，幹嘛要去淌這潭渾水？封神一點都不好，會直接進入天界的體制內，比較起來武神還快活些。」

「所以岳格學長才一直不願意接受封神測驗嗎？」樓夏反問，那抹無辜的眼神一再地讓岳格無法發起脾氣。

「對！封神後就要處處聽天界那群人的話，受限也多。活得一點都不像個人，得像個神，我才不幹這種事。」岳格停頓幾秒才說，「你為什麼就想往火坑裡跳？」

「因為、因為，那是我當武神的最終目的……」

「你還真是偉大，我怎麼會帶到這麼廉潔清高的學弟？我何德何能啊我！」岳格再次翻過身背對樓夏。

樓夏雖然明白才剛被狠狠數落一頓，但是他更怕的是會被岳格從此放棄，於是急著起身攀住岳格的臂膀解釋，「岳格學長，你聽我解釋，我就算通過測驗也會回來找你。我不想跟你分開，你別生氣……」

「申請封神測驗就會離開我，你在說什麼傻話啊？」岳格仍然背對著樓夏，沒好氣地低語。

「封神後有很多方法可以回到你身邊……岳格學長，我答應你，絕對不會離開你！封神測驗是我進入天界最大的夢想，請你、請你答應我的決定好嗎？我真的很想……」

「我又沒說不答應，我只是……」岳格沒把話說完，卻在這時坐起身帶著陰沉的臉色看向樓夏。

樓夏還躺在床上，抓著被子蓋住半張臉，一副做好挨罵準備的反應讓岳格更加煩躁。

「我沒有凶你，別一副我在欺負你的樣子好嗎？」

「可、可是，感覺岳格學長很生氣……」

「我的確是在生氣！但是我不是在氣你！」

「這樣的話是在氣什麼？」樓夏緊抓著被子困惑地問道。

「我是氣武神這個身分真的太多討厭的地方，我好不容易找到了生存方式，以為你也會跟我一樣，沒想到並不是這樣。」岳格別過臉懊惱地說著。

樓夏看著岳格許久才接著往下說：「岳格學長果然是因為我的關係在生氣啊……」

「我都說不是了！你這個死腦筋！」岳格吼完後又倒回床上。經歷剛才的爭執後，他已經睡意全失，低喃著：「天界到底有什麼好？封神到底有什麼好？我在天界待得比你久，我還不知道利弊嗎？」

「可是、可是如果封神的話，就不只能處理心魔了，還有更多可以做的事。岳格學長就算不封神，也能替武神們建立了專屬醫療所，真的很厲害。我辦不到這樣的事，但是如果通過封神測驗會有更大的權限，這樣也能幫上岳格學長的忙了。」

「我現在這樣就很好，不需要你多做這些事情……」岳格咬牙懊惱地喊道，「算了，人界留不住你。你想做的遠比我這種只想打混過日的人還多，隨你了。」

「岳格學、學長，我答應你，絕對會想辦法回來你身邊，你可以同意我參加封神測驗嗎？」樓夏看著他的側臉小心翼翼地問道，岳格近乎絕望的口吻讓他很不安。

「就算想擋你也絕對會想辦法參加測驗吧？」岳格搖搖頭，選擇再次背對樓夏。

他當武神的資歷最久，當然知道除了讓指導學長姐簽署同意以外，還有別的辦法可以申請測驗，他想得到的樓夏也會想到。只是如果不是透過簽署這個方法，對外界來說同等於兩人宣告決裂，可能還會招來更多閒言閒語，他並不想讓耿直又傻裡傻氣的樓夏背負這種狀況。

「我真的很想參加測驗。」樓夏始終沒有改變想法，岳格相當喜歡他這個特質，如今卻也成了最棘手的問題。

「好了、好了，別再發出這種可憐兮兮的聲音，我會幫你簽署同意，快睡吧。」岳格太清楚無論怎麼阻擋，樓夏絕不會被勸退，眼下也只能答應。

「謝謝學長。等我通過測驗，一定會回來你身邊。」樓夏得到承諾後這才鬆了口氣。

「先擔心能不能通過測驗吧！快睡，我明天有好幾個生意要談，給我養足精神。」

岳格煩躁地停止話題後，雙方就不再討論這件事。如願得到同意的樓夏也就安下心來愉快地入睡，倒是岳格被樓夏這麼一鬧，居然難得失眠了。

約莫一週之後，岳格在樓夏的封神測驗申請書末端簽名蓋章。取得學長姐同意後的申請流程很快，約莫三天後樓夏就得離開岳格返回天界接受測驗。

測驗的時間長短不一定，端看資質與申請者想達到的位階。測驗時間從半年到五年都有，岳格並不知道樓夏的選擇，因為只要返回天界等同於斷了聯繫，坦白來說也算是結束指導學長的職務。

樓夏無聲無息地返回了天界好一陣子，其他仍在人界執行任務的武神們才知道這件事。有太多人親眼看到岳格一個人在夜裡握著長刀砍殺心魔黑蛇，卻不見那個總愛跟在他身後、目露崇拜的年輕武神身影。

最先知道這件事的仍然是成因。那是在樓夏離開岳格第五天後，成因帶著新的合作案上門，看見樓夏的辦公桌已被清空，更不見他的蹤影而感到困惑。

他一進岳格的辦公室，就困惑地問道：「你家那個傻小子去哪了？」

正忙於工作的岳格從電腦螢幕移開視線，看著成因淡淡說道：「他離開了。」

「啊？你們分手了？」成因錯愕地喊著，同時拿起手機點開樓夏的通訊帳號又說，「你該不會把他趕跑了吧？他這幾天都不讀不回，我正擔心呢。」

「沒分手。」岳格皺起眉，他實在不喜歡這個字眼，但是想了想現狀又忍不住補充道，「但也相去不遠了。」

成因面露憂心看著岳格許久才說：「我本來很看好你們可以長長久久，樓夏那個孩子雖然個性直了點，說話可能不太中聽，但是本性很純潔。如果他有哪裡讓你不開心，你就退讓些吧……」

岳格聞言不禁挑挑眉，帶著好奇的目光注視成因全身上下，相較於成因凝重的反應卻輕輕笑了。

「我從沒看過你這一面，好像那小子的爸爸。」岳格說完後笑得更誇張。成因被這麼一講感到很是羞澀，臉頰都微微發紅。

「我是基於關懷後輩的立場好嗎！」成因輕咳幾聲，岳格卻依然笑個不停，他終於受不了低聲制止，「夠了！重點是你跟那孩子的事。別隨便分手，我還等著吃你們的喜酒呢。」

「就說沒分手，你別亂猜。」岳格終於緩和情緒，帶著淡淡的憂傷說道。

「不然他去哪了？還是執行任務的時候出事了？」成因面露擔憂，簡直快抓著岳格的衣領質問了。

「就說你別亂猜，我們沒有分手，他只是達到可以申請封神測驗的資格，返回天界接受測驗了。」岳格淡淡地說道。他忙著處理手上的工作，卻因為成因過於冗長的安靜而困惑地抬頭，恰好對上那驚愕的神情，「你這是什麼臉？」

「我很意外你居然會答應。」成因不可置信地搖搖頭，完全收不回震驚的眼神。

「不答應的話他就會一直煩我，我能不答應嗎？」岳格想起簽署前的回憶，樓夏像是深怕他反悔似地，三不五時就會提醒他。

「你願意？」成因還是不怎麼相信，見岳格盯著他的目光相當不爽，這才漸漸恢復往常的輕浮笑意。

「不願意。我快氣死了，但是沒辦法拒絕。」岳格咬牙說道，剛才的平靜終於消失殆盡。

這才是成因想看到的反應，「我就說嘛！你怎麼可能輕易放小男友離開？」

「要我說幾次，我沒有拒絕的餘地……真是的，那麼有上進心幹嘛？跟著我日子也沒多差，居然執意要參加測驗，越想越氣。」岳格無法專心在工作上，扔下筆惡狠狠地抱怨。

「這才是我想看的，哈哈。」成因幸災樂禍地靠近岳格，笑著問道，「他要去多久？」

「不確定，但是聽說他挑了最困難的測驗，少則兩年多則五年都有可能。就算武神沒有壽命限制，也不該這麼折磨吧？還叫我要等他——完全不顧等的人是什麼心情，這傢伙的性格怎麼這麼討厭？直的很讓人討厭啊！」岳格的抱怨一直沒停。

成因漸漸露出長輩般的微笑，甚至想拿起手機錄下這一刻，但是顧及這個舉動一定會被揍只好作罷。他就這樣安靜地聽著，心裡想著真想讓樓夏那小子看看這一幕。

能讓一個遊戲人間數百年的資深武神為了愛無法鎮定，實在太了不起了。樓夏啊樓夏，你的男友在想你了呢——

「有辦法聯繫到樓夏嗎？封神測驗其實挺嚴苛的，我也有點擔心。」成因適時地打斷話題問道。

「只能透過以前帶過、已經封神的學弟妹幫忙照顧，他們倒是可以幫忙傳個口信。」岳格抒發後情緒緩和許多，發現成因又是一副全看透的笑臉時，輕咳幾聲接著說，「只是聽說而已，我不會主動聯繫那小子的。」

「既然這樣，你告訴我是哪幾個學弟妹能幫忙，我想傳口信給他。」

「你想跟他說什麼？」岳格露出抗拒的模樣，顯然不太願意接受。

「剛剛說了，是來自前輩的關懷。你不願意跟他聯繫，我來總可以吧？測驗有多難我也有耳聞，說不定他現在最需要的就是被鼓勵，我來——」

「你別多管閒事！」岳格立刻打斷他的話，一臉怒容瞪著成因。

「可憐的樓夏，他真的很需要被安慰關懷啊……」

「我會處理，你別插手！你想傳口信就透過我。」岳格沒察覺自己露出濃濃的醋意。

成因相當珍惜這一刻，現在的岳格真的是他不曾見過的樣子，失落、暴躁，更明顯的是因思念著樓夏而心思浮動。成因再次肯定，樓夏被這個男人深深愛著。

「那就幫我傳個話給樓夏。」

「你到底要跟他說什麼？」岳格再怎麼不願意，還是接受了成因的請託。

「跟他說，『我們都在等你回來，我相信最愛你的岳格學長也是如此，說不定他才是最想你的人。』」成因說完後，好整以暇地起身準備離開。

「我才不想他。」岳格看著他離去的背影咬牙否認。

「這句話你也可以跟他說啊，我幫你想想臺詞，就──『臭小子，我一點也不想你！』他一定超難過超打擊的，你可以試試。」

「我才不會傳這些給他，你快走！」岳格揮手嫌惡地驅趕他。成因瀟灑地揮手離開後，岳格這才有機會讓自己的心緒平復。

然而成因離去前的那番話，讓他重重地嘆了口氣，「我怎麼可能在這麼重要的時候，傳這種打擊樓夏的口信，啊真是的，見不到人的感覺真難受……」

岳格嘴上不說，思念的心緒卻越來越重，甚至沒想到想念一個人也會產生心魔。

他是個鮮少做夢的人，卻因為太想念那個傻小子，竟然夢見了對方。夢裡的自己看著正在接受測驗的樓夏，卻發現他身穿武神的裝束，全身是傷，雙眼無神地跪地喘息著。

岳格看著這一幕心疼得要命，想靠近他抱抱他，卻發不出聲音，更無法靠近。只能眼睜睜地看著樓夏身上的傷痕不斷增加，發出疼痛的哀鳴，最後倒地不起。

「樓夏——！」夢境在岳格驚醒時中斷，他全身都是冷汗。腳踝滑過一尾因為恐懼產生的心魔小黑蛇，他立刻抓起藏在床鋪下的短刀，俯身就往黑蛇的致命位置戳下，心魔很快就化為黑色粉塵升空。

然而岳格並未因此平復心情，他幾乎不曾做惡夢，剛才的畫面讓他感到不安。

「那小子該不會出事了……」岳格看著靠牆的書桌猶豫著，腦海中的畫面揮之不去，最後他起身開燈。

「還是請學弟傳個口信確認好了——」岳格抓起一張黃色信紙，上面印有一個不顯眼的天界標誌。

如果要聯絡非得用這個方法才行，更何況他無法直接聯繫到樓夏，只能透過已經封神的後輩傳達。幸虧這次主考官裡有自己人，因此很快就能有回覆。

已經封神的學弟很盡責地擔任中間人，兩天後就帶著回覆親自來到岳格住處。由於封神測驗相當隱密慎重，考生不能外流任何無關的親筆信函，所有的消息都只能靠口述傳達。

「喔？你來了。真是抱歉讓你跑一趟，喝杯茶吧。」剛好是休息時間的岳格看著一身神衣正裝的學弟，態度故做慵懶，不想被發現他內心的不安。

「謝謝學長，難得你會親自請我傳口信。以往都是送信通知，想必這對你來說是很重要的事。」學弟必恭必敬地向他行禮後就坐。他風塵僕僕下凡來，正感到口乾舌燥，立刻猛灌一大口茶，意識到岳格正在等著他的回覆，這才急急忙忙輕咳幾聲切入正題。

「學長，你要查的樓夏，也就是你之前帶的指導學弟，他在前兩天實戰測驗時的確受傷了。」

岳格一聽馬上皺起眉問道：「傷勢嚴重嗎？」

「還好，擦點藥就沒事了。只是因為是他自己的失誤才導致受傷，現在心理狀態有點不安定，如果再不穩定住，可能會被刷下來。」

「他回天界都快一年了，如果這時候被刷下來，不就白費一場了？」岳格心裡有些著急，雖然知道傷勢無礙，但是以他對櫻夏的瞭解，心態和信念受到打擊比實際受傷還要來得危險。

「是啊，受到岳格學長的請託，我有特別觀察他的狀況，現在非常不樂觀。」

岳格這下子沉默的時間又更長了，他無法親眼看見更無法給櫻夏實質的幫助。他思索許久後終於開口，「幫我傳口信給他，說是我親口說的，『穩住、笨蛋！我在等你。』」

「咦？」學弟愣了一下才問，「就這樣直接傳達嗎？」

「嗯，就這樣。」岳格別過臉不想讓學弟發現自己在害羞，說完便用時間緊迫為由催促學弟盡快啟程。

直到又有機會獨處的時刻，岳格才表露出凝重與不安的神情，他從沒想過會這麼掛心一個人。所幸數天後傳來好消息，據說原本萎靡好一陣子的樓夏，收到岳格請人傳達的口信後精神為之一振，順利克服難關。

得知消息的岳格一方面安下心來，另一方面則是失笑低語：「是哪來的被虐狂？居然被罵就好起來了，這小子……」

他停頓下來，在四下無人時難得寂寞地垂眼又道：「真想他——」

第十章

轉眼間，樓夏申請封神測驗已經過了兩年又六個月。對岳格來說，也是這麼久的時間完全沒見到他，任何近況都只能靠已經封神的學弟妹傳口信。

岳格已經不曉得這到底是在折磨誰。學弟會定期來向他報告樓夏的近況，除了術科部分受了較為嚴重的外傷以外，基本上成績都相當不錯。

終於在這天，岳格聽到了他最想知道的好消息。

「雖然還沒正式授封，不過樓夏學弟已經確定會及格，過幾天就會封神升職。」學弟笑盈盈地說道，岳格的神情也終於放鬆許多。

「學長你真的很在意這個小學弟呢，讓我們這些同樣被你指導過的後輩都有點嫉妒。」學弟見他終於鬆懈下來，忍不住這麼說道。

「胡說八道什麼，基於關懷後輩的道義而已，我對你們一視同仁。」岳格冷冷地說道，渾然不覺把成因那套解釋挪過來用了。

「是嗎？」學弟笑而不答，兩人就這樣對視好幾秒。

「就是這樣，下回我就請你們所有人吃一頓飯吧。」岳格努力找了一個臺階下，但他對樓夏特別偏心其實所有人都知道。

「謝謝岳格學長，我就恭敬不如從命了。」學弟笑得眉眼彎彎，意外賺到一頓請客心裡也很開心。

「確認封神升職之後，他就會直接下凡了吧？」岳格仍然掛心著樓夏，不斷確認細節。

「這個部分就要看樓夏的意願了，會按照他的希望分配工作。最可能的就是去廟裡當陪祀神，如果想忙碌點就會挑工作量大的區域，或者留在天界當機動組，哪邊缺人手就派下來協助。他通過的是最困難的等級，所以可以挑選的職務範圍更廣，我也不確定他會如何選擇。」學弟認真解釋道。

「我想問問……」岳格猶豫許久終於開口，但是斷斷續續才擠出完整的句子說道，「他有沒有說會回來我這裡？」

「這個啊……」學弟為難地看著岳格許久才說，「我不曉得。每次我替學長傳口信時，他的態度都有點曖昧，只是臉紅、不知所措，一直沒有正面回應過關於你的問題。我也問過下凡後會不會去找你，他也沒有回答。」

岳格聽著眉心皺緊，心情變得極差。學弟感受到他不悅的氣息，連忙解釋：「樓夏現在要處理的事情很多，他常提到很想你，也知道學長正在等他，我相信封神儀式結束後就會立刻來找你了。」

「如果是這樣就好了。」岳格情緒平靜地說道，淡淡結束這次的見面。

過了一週那位學弟又捎來消息，欆夏已經正式完成封神儀式，論階級現在已經比岳格這個資深武神還要高許多，據說有不少單位邀請欆夏。至於真正的去向只有他本人曉得，最新進度是欆夏完成所有手續後就離開天界下凡了。

但他並沒有來找岳格。岳格打從接獲消息之後，每天都有那麼一點在意這小子什麼時候會出現，就這樣過了七天卻沒有任何動靜，這讓岳格心生不悅。

「我不知道他人在哪，我也不想知道。」岳格與成因在武神任務結束後，約在一間二十四小時營業的速食店聚會。面對成因詢問欆夏的下落，他不怎麼開心。

「怎麼可能？我都知道他已經回來人界，卻還沒去找你？」正在喝可樂的成因大感意外，看著岳格生氣的反應心想不妙。

「我不知道他去哪了，而且他現在也不歸我管，你應該要問天界那邊的人。」岳格的語氣冷得足以凍死人，吃著薯條的表情活像在發洩怒氣一樣。

「你問過天界那邊的人了嗎？」成因輕聲問著，他實在掛念著這一對情侶是否能圓滿。

「我為什麼要問？」岳格的反應讓成因明白不能再追問下去，雖然明顯岳格對檏夏在意得要命。

「是、是，我自己有空再跟天界的學弟妹們打聽看看。」成因試圖打圓場，但岳格的情緒沒有因此趨緩。

「我看不用問了，他又不是武神了，何必這麼掛心他的去向？」岳格說罷就把咖啡喝完，之後再也不願提及關於檏夏的事情。

成因陪著岳格到天亮為止才散會，離別前還不斷地安撫岳格，直說那小子肯定有事情被拖住之後一定會去找他，岳格卻還是一副不能釋懷的樣子。

「算了吧，別老替他說話，我聽了心煩。」岳格揮揮手轉身就走。成因看著他離去的背影，頭一次發覺這個資深又強大的武神，原來也會有這麼落寞的一面。

不曉得自己背影看來有多孤獨的岳格，在天亮的時刻返回住處。就在他搭乘的電梯抵達住處樓層時，門一開便看見了令他意料之外的景象。檏夏坐在他的家門口，手裡還抱著封神後會擁有的印璽與相當於員工證的卷軸，居然就這樣有點狼狽地靠在牆邊打瞌睡。

樓夏依然是那樣熟悉的萬年高中生模樣，頭髮又變長了，甚至疏於打理的關係看起來相當散亂。身上則穿著數年前岳格買給他的連帽長袖上衣，如果不說大概會以為是附近鄰居的小孩跑錯地方。

岳格以為自己看錯，不可置信地靠近對方。樓夏大概是察覺了動靜，立刻睜眼帶著睡眼惺忪的神情連忙站起身。

「岳格學長，你今天的武神任務很忙嗎？怎麼到天亮才回來。」樓夏抱著用紅色棉布包裹的印璽急著追問。

岳格看了他全身上下一眼，立刻明白這傢伙現在的神階不低，雖然論資歷還只是菜鳥，但是已經擁有指揮他們這一批最低階武神的資格了。

「我去哪跟你無關吧，你怎麼來了？」岳格一副不怎麼在乎的樣子逕自開門，看著樓夏在一旁驚慌失措的樣子，心裡感到一陣爽快。

「哎？我、我是回來──」樓夏沒料到岳格會這麼問，抱著所有的家當不知所措。

「回來？」岳格已經開了門，轉頭看著樓夏的目光冷到了極點，讓樓夏不禁後退一步，神情更惶恐了。

「你還覺得這裡是你家？」岳格丟下這句話之後直直走進屋裡，樓夏就這樣站在門外不知如何是好。岳格這時心裡才稍微覺得舒服點，轉過身看著依然站在原地的樓夏。

「岳格學、學長，我說過我會回來的，只是晚了點……」樓夏抱著印璽努力解釋，卻因為對方冰冷的眼神而支支吾吾。

「喔？是晚了點。我聽說你一週前就已經下凡，但是完全不知去向，還以為你已經看不上我這個萬年武神了呢。」

「我、我沒有！」樓夏面對岳格的指控更慌了，拚命地解釋，但是岳格在意的卻是他依然站在門外的舉動。

「岳格學長，請你聽我解釋！我接任的職位必須立刻交接，所以一回到人界就先去處理這件事，加上剛到任有不少事情要先安頓，所以一處理就是好幾天。我原本只想去報到到任，馬上就來找你的，我真的沒想到……我也很緊張，可是那邊又忙到無法馬上聯繫你，我真的超想見你的……我、我……」

「你還要站在門外多久？」岳格在樓夏說完這一大段話之後，驀地打斷他的解釋輕聲說道。樓夏停頓了許久，他看見岳格露出久違的溫柔目光，雖然口吻還是那麼不客氣。

「我、我進來。」樓夏慢慢地跨進屋內，但是往前一步卻又不動了。

「你搞什麼？把門關好，快過來。」岳格煩躁地說完後，樓夏終於敢更靠近他。

岳格就這樣看著樓夏惶惶不安地來到面前，終於有時間將這個離開自己兩年半的傢伙看個仔細。

「岳格學、學長，我真的不是故意不來找你，是因為新的職位實在走不開，別生氣……」

樓夏直到這一刻都還在解釋。岳格沒有回應，倒是想起樓夏在接受封神測驗時曾受過傷，直接伸手掀開他的上衣。

「咦？學、學長，你要做什麼？」樓夏驚嚇地問著，但在這個過程中上衣已經被脫掉。

「聽說你受了幾次很嚴重的傷，我要看看狀況。」岳格看著他身上當時被心魔燙傷的疤痕還在，熟悉的心痛感覺又回來了。

除此之外他在樓夏的手臂和腹部看到了明顯的疤痕，像是被刀砍傷的痕跡，他光是看著這些又長又深的疤痕，心裡就更不舒服。

「學長真的好厲害，封神測驗的消息這麼隱密，你居然都知道。」樓夏雙眼閃閃發光地看著岳格，但岳格下一秒卻是伸手摸著那些他不曾看過的疤痕。

「你當時可是嚴重到差點就死了，別以為我不知道。」岳格扳著樓夏的肩膀讓他轉身，背部也有不少疤痕，但是相較於腹部與手臂的傷勢輕微許多。

「啊、還好啦。天界的醫療設施很先進，其實休息一週就康復了，不過因為這樣測驗的時間又增加了，當時真的好困擾……」樓夏的話再次被打斷，他懷中的印璽被岳格抽走隨意丟在沙發上，這次換褲子被脫掉。

「咦？岳格學長，你要……做什麼……」樓夏僵直地站在原地，褲子被褪到腳踝處，但是遮掩私密處的平口褲並未被脫掉，這讓他稍微安心些。

「你腿也有摔傷吧？」岳格摸著他的小腿，看到小腿肚也有明顯的疤痕，顯見傷勢比上半身還要嚴重許多。

「已經好了，學長別擔心……」樓夏無法把話說清楚，因為岳格撫摸的力道很溫柔甚至有點癢。

「什麼叫別擔心，知道消息時成因都快嚇死了。」岳格檢查滿意了，重新站起身看著被自己剝得衣衫不整的樓夏。

「讓你們擔心了真抱歉……」樓夏低著頭尷尬說著，這時肚子煞風景地傳來飢餓的腹鳴聲。

「你把衣服穿好去客廳坐著，我去廚房找找看有什麼吃的。」岳格沒錯過這件事，催促完後就去廚房忙碌。

暫時被拋下的樓夏乖巧地坐在客廳沙發上，聞到廚房傳來煮食的香味，肚子這下更餓了。

「我這裡只有冷凍白飯跟海鮮泡麵，你就將就點。」岳格在等著水燒開的空檔隨意解釋，想著這樣太單調，又從冰箱裡找出幾根細蔥與雞蛋替樓夏加菜。

「學長煮什麼都好吃，謝謝……」

樓夏聞著食物的香味，飢餓感不斷湧上，所幸岳格的料理不花時間，轉眼間一桌菜全都擺在他面前。

「吃吧，你不是封神了，怎麼還會肚子餓？」岳格替他擺好餐具與食物後，就往沙發對面坐下，與樓夏有段距離。

「因為我是從擁有肉體之軀的武神升職，雖然天界的高層說可以拋棄肉體，但是也會失去凡人的七情六欲。我覺得太可惜了，所以選擇保留……」樓夏拿筷子夾起食物塞進嘴裡急忙吃著，飢餓感讓他顧不得形象猛吃。

「真的是傻子，封神就是要享受人類沒有的好處，你幹嘛全部保留。」岳格的目光離不開樓夏，兩年半見不到的份量，大概一時之間是看不夠了。

「學長不也是這樣？而且比我還要留戀人界，乾脆就不申請封神了。」樓夏滿嘴食物低聲抱怨。岳格被他堵得無法回話，帶著幾分不悅安靜地注視著樓夏。

「你在天界可有名了，我又是你的指導學弟，每個人都問說你怎麼還留在人界，說你沒有上進心。聽他們這樣嘲笑你，我很不舒服。」樓夏放慢進食的速度，想起當時的情況，說有多委屈就有多委屈。

「所以你就與那些位階比你高的神尊起爭執了？」岳格無奈地說道，換來樓夏一臉驚嚇。

「為什麼我知道是吧？因為你這個無禮的行為，封神測驗差點被取消，是我拜託已經封神的學弟妹去說情，才保住你的測驗資格。」岳格搖搖頭，想著這傢伙這麼衝動真不可取。

「啊……勞煩你們了。」岳格心虛地搔搔臉頰接著說，「難怪當時突然就不了了之了，原來是岳格學長幫忙……」

「為我這種人跟那些傢伙起爭執不值得吧？我聽過的嘲笑比你聽到的還多，從沒放在心上過，你比我這個當事人還氣也太無聊了吧？」

「我、我捨不得學長被這樣嘲笑。」樓夏放下筷子委屈地喊道，沒想到此話一出又讓岳格無法反應。

「你……我說你……」岳格實在無法忽視胸口加速的心跳。這傢伙說的是實話，但聽在他的耳裡簡直是情話。

「我說錯什麼了嗎？」樓夏看著岳格凝重的表情，心情相當忐忑甚至做出準備挨罵的模樣。

「沒有……」岳格終於受夠了樓夏小心翼翼又擔心受怕的態度，深呼吸口氣後說，「好了，你過來吧。」

「啊？」樓夏不解地看著岳格往後仰躺，雙手張開的姿勢。

岳格看樓夏呆呆地一動也不動，有些不耐煩地招手說道：「快過來，我從剛才就想抱你了，我的忍耐快到極限了。」

「抱……」樓夏看著岳格伸手拍拍自己的胸膛，瞬間腦子無法思考，迅速朝對方撲過去，一下子就撞到岳格懷裡。

雖然被這麼一撞岳格胸口有點痛，但是熟悉的氣息與體溫就這樣靠近他，心裡頓時踏實許多。他忍不住閉上眼，雙手環住這個體格明顯厚實一些的少年，撫摸著樓夏的背。

「岳格學長……」樓夏將臉頰貼在岳格的胸口上，溫暖的懷抱讓他積累兩年半的寂寞與委屈全湧上來。

「嗯。」岳格很享受樓夏在懷中磨蹭的感覺，嗅了嗅他身上的氣息，嘴唇輕輕地摩擦過他的額頭髮絲，手指輕捏他的耳朵。

「我很想你……」

「嗯。」

「從返回天界的第一天就好想你，兩年半好難熬……封神測驗比我想的還要困難……」樓夏閉上眼終於可以訴苦。這些情緒都不能在外表現出來，就算他現在已經是有受封的正式神職，內心還是數年前惶恐不安的少年。

「都受封了還說這種話？」岳格聽見樓夏帶著幾分哭腔的語氣，又在他的額頭送上好幾個親吻。

「嗯……通過了才能對你說這些，我就是想著要再跟你見面，努力撐過去的。」樓夏在這時慢慢地往上蹭，目光迷濛地捧著岳格的臉，注視了幾秒後在對方的唇上給了個輕柔的吻。

他只輕點一下就離開，但岳格對於樓夏迅速放開的舉動相當不滿意，直接一手壓住樓夏的後腦杓往自己湊。

這次岳格給了個非常深又久的親吻，連舌頭都伸了進去。樓夏懵懂地配合岳格的親吻，雖然有點笨拙，但在唇舌交纏之際他們的關係越來越親密。岳格的確是很想樓夏，但他不是個會把這些話掛在嘴邊的人，他更喜歡用行動來證明。

「學長……」樓夏被放開後，神情恍惚地輕喊著。

「嗯？」

「我真的很想你……」樓夏不擅言詞，但是從不吝嗇表達滿滿的思念。

「知道啦，知道啦……你要說幾次。」岳格拍拍他的背回應。下一秒兩人又交纏在一起，親吻愛撫都沒少，短時間內要分開兩人是非常困難的。

於是樓夏回到岳格身邊了，岳格卻對於樓夏的正式職位頗有微詞。

樓夏現在是武神官，顧名思義是專門管理武神事務的職位。以職權來說是個不低的管理階層，困難的地方在於資歷比他深的武神大有人在，菜鳥主管得應付老鳥武神，基本上就是個充滿衝突的狀況。

不過樓夏身後還有個最資深的武神，岳格不但是靠山還是樓夏的男友。看在岳格的面子上，樓夏鮮少遇到刁難。

「你這個傻子，都已經封神了怎麼還是想跟武神有牽連？」深夜時分已經結束武神任務，盥洗換上舒適睡衣的岳格，連頭髮都懶得綁直接散在肩上，剛躺下便忍不住對一旁陪著他入睡的樓夏抱怨。

「因為武神官太少，美尋學姐也說過可以幫忙管理武神事務的人力短缺，所以我想加入。」樓夏蓋好被子只露出一雙眼睛認真說著。

他的頭髮膚況都被細心打理過，連眉間的雜毛都被刮乾淨，他的外貌管理權全都在岳格手上。岳格不能接受這麼清秀帥氣的孩子，毫無自覺地糟蹋自己，總是太過邋遢。

岳格一手撐著頭側身盯著樓夏面露無奈，心想怎麼會有這麼傻的人。武神官是個辛苦的職缺，擺在凡間來看更是不起眼的職位，不會受到凡人敬重也無法透過幫助凡人積累功德，升遷速度非常慢。主要應付的對象還是難纏的武神們，是個非常吃力不討好的工作，因此人力一直都不足。

願意當武神官的傻子不多，岳格沒想到自己身邊就出了兩個。

醫療所的美尋就是如此，她早在兩百年前就完成封神測驗，現在領有神職但是自願成為武神官之一。這也讓一直是武神身分的岳格得以利用其職權，花了很久的時間，才建立完善的醫療所替武神們治療執行任務時造成的傷。

「沒事別被美尋給騙了，這麼好的成績怎麼不去申請凡間的廟宇？每個月還有額外的香油錢分紅，多愜意。」

「可是答應的話，就不能時時刻刻在你身邊了。」樓夏說完後還伸手抱住岳格，將臉埋進他的胸膛磨蹭。岳格又被樓夏的回答堵得一陣沉默。

「岳格學長，怎麼了嗎？」因為安靜太久，樓夏仰頭困惑地問道。

「你這傢伙……」岳格無法把話說完，將後半段全化為一個溫柔的親吻。

樓夏好不容易抽出空檔急忙追問：「我、我怎麼了？」

「沒怎樣，做好你的工作。你以後會常跟美尋接觸，有事可以盡量請教她，先睡吧。」岳格揉揉他的後腦杓，催促著樓夏快休息。

雖然岳格心裡本想著要做點什麼，但是他也不是不清楚今天的樓夏有多忙。武神官有太多工作要做，簡直是打雜的程度，當然這些全都是向醫療所的美尋打聽來的狀況，那些想親暱的念頭就只能等樓夏休假時候了。

然而樓夏的忙碌超乎岳格的想像。現在時間已經是深夜兩點，岳格都已經完成武神任務，但是他可憐的小男友卻還在工作崗位上忙碌著。

樓夏的辦公地點就在醫療所樓上，包含他以及其他學長姐只有五位武神官，卻得負責整個人界的武神業務，光是工作量就完全不合理。但這是武神圈長期以來的詬病，沒人願意解決也沒人想要解決，偏偏樓夏就是熱心想解決的那個笨蛋。

結果岳格還沒換掉武神裝束，就扛著那把長刀直闖辦公室。他先是經過醫療所，美尋還在診間替一位受傷的年輕武神治療，所有人都沒想到這個最資深的武神會突然全副武裝現身，幾乎都被他嚇到了。

岳格看見美尋，語氣不怎麼好地問：「那傢伙呢？」

手裡還拿著紗布的美尋當然知道他找誰，帶著苦笑指著樓上的方向說：「還在上頭忙呢，他們最近在忙一些大事，都快激怒天界了。」

「能有什麼事？」岳格皺起眉問道。

「我不曉得還能不能說，你可以上樓問問。」

「好。」岳格應了聲就轉身離開。這個地方他可熟了，二樓走到底右轉就是武神官的辦公室，當他在走廊的另一端看到辦公室的門縫還透著光亮，心裡就湧起一股不愉快。

他就這樣氣勢滿滿地直闖武神官辦公室，不客氣地推開門製造出相當大的碰撞聲，辦公室裡頭的男女皆抬頭望向他。

「樓夏，我來接你回家了。」

岳格毫不客氣地喊著。他看著滿坑滿谷的文件書籍，還有印表機不斷印出文件的運作聲，卻找不到要找的人。

「岳格……學長?你怎麼……」出聲的是坐在離門口最近的女性，模樣相當年輕，懷中抱著一大疊資料不敢置信地看著他。

岳格看著對方，充滿威嚴地問道：「樓夏呢？」

「他、他在最後面……我們正在趕天亮前要送的文件，他正在統整。」女武神官戰戰兢兢地解釋，岳格嚴肅的態度讓她不敢直視。

岳格得到指引後就往最後方走，一眼就看見比在場任何一張桌子堆得還要高的資料，還有熟悉的身影正埋首努力。

「樓夏。」岳格喊了一聲，語氣還算輕柔。然而對方卻沒有任何回應，其他人都因為岳格的出現紛紛停下手邊的工作，注視著他們的一舉一動。

「樓夏——」岳格已經在盤算如果樓夏再不理人就要直接把人抓起，然而卻發現他不太規律地不停點頭。岳格大概知道是什麼原因，只好繞過那一大堆文件俯身查探，就在這時樓夏手裡的筆滑落了，整個人直接癱軟趴在桌上。

「睡著了？」岳格翻動樓夏的頭並輕拍他的臉，確認短時間內不會醒來後只好作罷，轉身看著一眾正盯著他的學弟妹們。

「你們到底在忙什麼，忙到都什麼時間了還沒休息？都是封神職位了，怎麼比我們這些武神還要可憐？」

「我們想幫武神申請輪班休假制度……」剛才那位指引岳格位置的女武神官小心翼翼解釋，卻換來岳格皺起眉無法理解的樣子。

「為什麼需要弄這個？」岳格的質問換來眾人面面相覷，最後有默契地將目光落在已經睡著的樓夏身上。

「這傢伙搞的，對吧？」岳格無奈地指了指樓夏問道。

「是的……他說武神全年無休、每天晚上都得出任務的規定很不合理，人界的工作都有輪休、週休的規定，至少要讓武神每七天就能獲得一天休假。」離岳格最近的另一名男武神官將資料遞給他。

岳格接過來大略看一眼後，不太高興地說：「這傢伙怎麼老是做這些奇怪的事情，你們居然還跟著起舞？天界那幫人從來都不把我們武神放在眼裡，你們也不是不知道。」

眾人被岳格這麼一說全都不敢吭聲，岳格正想勸他們別白忙一場時，又有另一名男武神官說：「但是總要試試看，我覺得樓夏學弟說得有道理。」

岳格看了眾學弟妹一眼，又看著已經徹底熟睡的樓夏許久，最後無奈地嘆了口氣俯身將樓夏扶起，把他一手搭著自己的肩膀準備親自帶人回家，同時對著所有人開口：「都回去吧。」

正當所有人露出失望的眼神試圖解釋時，岳格緊接著說：「只靠你們幾個資淺的後輩怎麼可能辦到，我去找幾個位階不低、可以稍微使喚一下的後輩處理，給我文件副本。」

岳格在眾人雙眼閃閃發光的注視下取得文件副本，再次給了後輩們希望與承諾，就將所有人遣回家休息。已經睡到不省人事的樓夏全然不知這個過程，甚至就這樣睡到隔天中午才清醒，一睜眼就看見岳格擺著一張冷臉注視著他。

「咦？岳格學長……」樓夏迷迷糊糊地看了看四周又問，「我不是在辦公室嗎？」

「你知道封神職後，還是有過勞死的可能嗎？」

「啊……我……」樓夏漸漸釐清情況，輕聲委屈地說，「我在辦公室有休息啦，是學長去把我帶回來的嗎？」

「不然呢，你自己飛回來的嗎？」岳格見樓夏臉色還是不太好，伸手推著他的肩膀要他躺下。樓夏順從岳格的意思重新躺回床鋪，但是已經徹底睡過一覺的他精神正好。

「你們居然動了從有武神就沒變過的制度，真有勇氣，不曉得天界那群人就是有名的老古板嗎？」岳格輕聲說著，但是表情卻在笑，還帶了點寵溺。

「唔……以我對學長的瞭解，絕對會否定我這個想法。」

「嗯……」岳格沉吟許久，竟然無法反駁樓夏的解釋。

「是吧！你現在的表情跟我想的一樣。」樓夏又將身子往下躲，想徹底躲進被窩裡。

「算了，反正你已經在之前提過初步構想，天界沒拒絕但也沒接受，所以你們打算送上更詳細的規劃對吧？」

「對啊，所以昨天我才會跟同事們加班。學長你別對他們發脾氣，一切都是我主導的，他們還陪我加班真不好意思。」

「我又沒有怪他們，反之我聽說這件事已經讓天界的相關高層跳腳，卻又不知如何拒絕。因為不知不覺間，他們身邊的神職有不少是武神出身，幾乎每一個都是自己人，這麼有趣的事情我跟成因等人也決定幫你們推一把。」岳格依然是愉悅地笑著，反而讓樓夏覺得不太對勁。

「岳格學長，你這樣笑我覺得好可怕……」樓夏忍不住離他遠一些，岳格不想放過他，伸手抓住他的肩膀緊緊貼近自己。

「不可怕，你想做到的事一週後就會有答案，包你滿意。」岳格親親樓夏的額頭，正在思考要不要進行下一步。

「可是文件還沒送交天界啊。」樓夏拚命掙扎想問清楚，可惜岳格一點也不想給他機會，親吻親上癮了。他決定把白天的工作暫時交給信任的祕書處理，也替已經連續加班好幾天都沒休息的樓夏請了一天假。

「好了，別想工作的事，你今天整天都空下來給我。」岳格有的是辦法讓樓夏暫時拋開一切，也如願得到與樓夏相處整天的夢想。親吻做愛，享用一頓美食，還一起去電影院看了一部精彩的動作片，直到午夜十二點岳格必須執行武神任務時，樓夏卻直喊著要跟。

岳格說不過他，只好讓樓夏跟著。樓夏已經不是武神，除非有申請許可否則不能從事砍殺心魔的工作，只能在高處看著岳格。即便如此樓夏仍然感到滿足，因為進行武神任務的岳格是他最喜歡的樣子，也是當初想跟隨這個男人的動機。

「無論看幾次還是覺得很帥啊……」樓夏彷彿是位處搖滾區的觀眾，用著無比崇拜的目光看著那個束著長馬尾、高大又帥氣的身影飛過來又飛過去，他看得心動不已，甚至整個人蠢蠢欲動。

岳格只要經過就會大吼要樓夏安分點，畢竟樓夏現在身上沒有任何武器，只有護身的術法保護而已，但是他很享受這傢伙在底下搖旗吶喊的樣子。

短短兩個小時，岳格卻突然想起兩人最初相處的情形。樓夏看他的眼神至今從沒變過，就算中途一度讓這個孩子失望透頂，但是樓夏心中的信念也不曾消失。

「我倒是變了不少啊，到底是好還是壞呢……？」岳格帶著困惑的心思完成任務，動作輕巧地在樓夏面前落地。

「岳格學長，我好想跟著你一起工作喔——」樓夏雙眼亮晶晶地湊上前喊道。

「不行，你記得自己是武神官吧？」岳格見他在身邊團團轉的樣子覺得特別可愛，就沒有阻止了。

「好，下次的武神改革計畫，就是武神官也能參與任務。」樓夏雙手握拳認真喊道。

「武神、改革、計畫？」岳格提高音量，覺得聽見了很不得了的東西。

「是啊！這次的輪班休假制度也是計畫之一。這個名字是我取的，同事們都覺得很帥呢。」樓夏自豪地挺起胸膛說道。

「怎麼聽起來像是會把天界搞得翻天覆地的想法。」岳格搖搖頭，聽著樓夏興奮地解釋這個計畫的種種，聽得有點煩便伸手抱住樓夏，直接用親吻打斷對方。

「唔──」因為被毫無預警地親吻，樓夏腦袋一片空白，很快就被熟悉的氣息引誘著配合起來。

「天亮之前我不想再聽到你說工作的事，現在、回家。」岳格說完後就握著樓夏的手臂離開，至於剛才的親吻到底又有多少同行騰空飛過時看見，他一點也不在意。

一週後武神的輪班休假制度順利通過，並從當天起開始實行。樓夏的武神改革計畫一戰成名，後來又有更多擺明袒護武神的新規定陸續出現，有的失敗有的成功。到後來天界的高層只要看到樓夏屬名送來的文件，總會一陣顫抖。

逐漸地這個資歷極淺的年輕武神官，在天界和武神圈裡變得相當知名。打從他出現後武神界變化極大，但是更廣為人知的是他身後有個人界最資深的武神男友，比起來眾人更不敢招惹的是這個人。

年輕的武神官和資深的武神，就這樣在人界及天界稱職做好自己的工作，不過更多時候在其他人的眼裡，是帶來更多的變化與麻煩。

「岳格學長，我下次想替武神爭取，不限性別只要在任職期間結婚，都可以請兩週的婚假，你覺得如何？」

「你這個是為了你自己吧？」

「嘿嘿，學長怎麼知道……」樓夏害羞地笑了笑。

「你手上的旅遊雜誌，把心思全都暴露了好嗎！」

——《現代武神的副業維生守則》完

——《現代武神的副業維生守則》全系列完

後記

大家好，我是瀝青。

有幸看到這邊的朋友們，我們坐下來一起聊個天吧。

首先謝謝朧月書版提供這個機會，可以讓武神們的故事跟這個世界觀呈現給大家看。

這是個虛構的神職與人界混合不清的BL故事，被稱為武神的主角們，在這個世界裡其實是職位最低下的神職。

整個故事最早出現的人，就是岳格了。

他其實有一點融合過去生活、職場上相遇的一些朋友的縮影，很多我既尊敬又佩服的朋友與前輩們。在活得有些艱困的環境裡，還能處變不驚、活出一套自己的原則，又能擁有強大能力去支援其他人的模樣。

不過，如果現實中真的要跟岳格相處，我覺得我每天都會挨罵吧，哈哈……

而故事的另一位主角樓夏，基本上就是他的對立面，很積極但是判斷事情的經驗不太足的孩子，但是他的思維與價值觀完全就是岳格的弱點。

一開始就想看看能力強大、不想追求地位的岳格，如果在戀愛路上遇到剋星會是什麼樣子，後來呈現出來的有一些段落是順著樓夏的個性去發展，覺得岳格真的遇到剋星了啊。

故事的發展也一直偏向，希望讓他們努力完成任務之於，也要努力談個戀愛，希望大家會喜歡。

感覺說得好嚴肅，哎啊……我其實是用超歡樂的心情寫下這段後記的喔喔喔。

最後，再次謝謝看到這裡的你，以及讓故事面世的朧月書版。

也很歡迎大家過來跟我聊聊啊！謝謝。

瀝青

高寶書版集團
gobooks.com.tw

FH033
現代武神的副業維生守則

作　　者　瀝　青
繪　　者　Gene
編　　輯　薛怡冠
校　　對　林雨欣
美術編輯　林鈞儀
排　　版　彭立瑋
企　　劃　方慧娟

發 行 人　朱凱蕾
出　　版　朧月書版股份有限公司
　　　　　Hazy Moon Publishing Co., Ltd
地　　址　臺北市內湖區洲子街88號3樓
網　　址　www.gobooks.com.tw
電　　話　(02) 27992788
電　　郵　readers@gobooks.com.tw（讀者服務部）
傳　　真　出版部　(02) 27990909　行銷部 (02) 27993088
郵政劃撥　19394552
戶　　名　朧月書版股份有限公司
發　　行　英屬維京群島商高寶國際有限公司台灣分公司
　　　　　Global Group Holdings, Ltd.
初版日期　2022年7月

國家圖書館出版品預行編目(CIP)資料

現代武神的副業維生守則/瀝青著.-- 初版. -- 臺北市：朧月書版股份有限公司出版：英屬維京群島高寶國際有限公司臺灣分公司發行, 2022.07-
面；　公分. --

ISBN 978-626-95988-6-1(平裝). --

863.57　　111006013